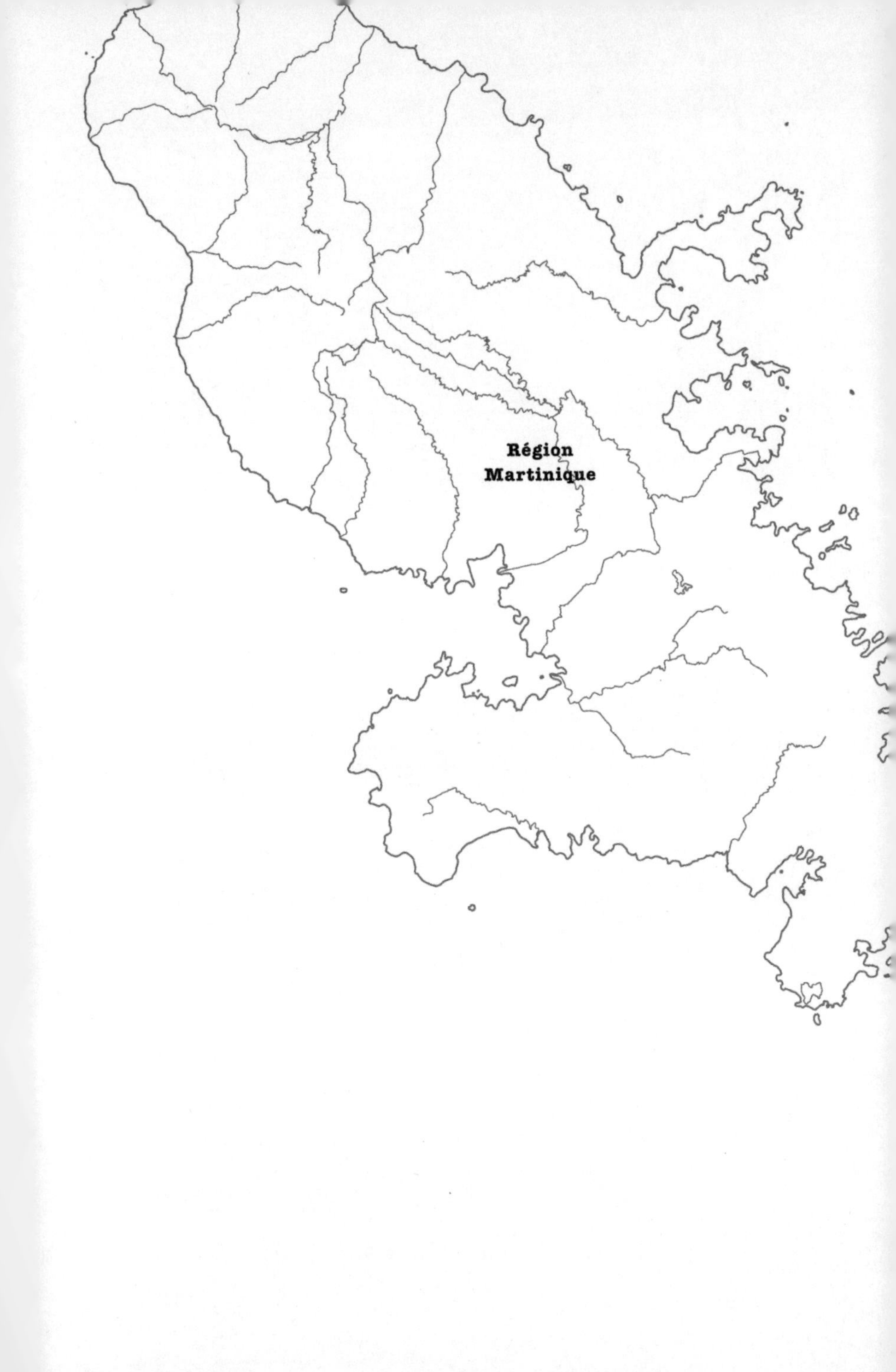
Région
Martinique

잃어버린 날들

대서양
외딴섬
감옥에서 보낸
756일간의
기록

장미정 글

한권의책

#

이 책은 저자가 프랑스령 마르티니크 섬에서

수감생활을 하다 가석방으로 출소하고

보호감찰을 받던 당시 기록한

실제 일기를 바탕으로 재구성되었다.

· intro ·

크리스마스 이브다. 이곳에서 벌써 두 달을 지냈지만 여전히 악몽 속에 있는 것 같다. 아침마다 교도관이 깨울 때마다 소스라치게 놀라곤 한다. 남편도, 우리 혜인이도 없이 내가 누워 있는 이 낯선 곳이 어디인지 알아차리기까지는 몇 초가 걸렸다. 잠결에 혜인이를 향해 손을 뻗었을 때 딱딱하고 냉기가 올라오는 벽이 만져질 때마다 내가 교도소에 있다는 비참한 현실을 깨닫곤 했다.

창밖을 내다본다. 창이라고 해봤자 가로세로 오십 센티미터의 손바닥만 한 창이다. 그래도 내게는 유일하게 세상을 보는 창이었다. 밖으로 한 발자국도 나가지 못하는 이곳에서 크리스마스 이브를 맞았다.

창 너머로 어둠 속에 외곽 도로변의 주유소 불빛이 보인다. 그 앞에는 작은 크리스마스 트리가 반짝였다. 어린아이 키만큼이나 될까 말까 한 작고 조악한 트리였지만 내게는 그마저도 아름답게 보였다.

나에게도 크리스마스 이브를 함께 보낼 가족이 있다. 하지만 내 가족은 지금 내가 있는 지구의 반대편에 있었다. 셋뿐인 우리 세 식구는 뿔뿔이 흩어져 나는 이곳 프랑스에서, 남편은 집에서, 우리 딸은 대전 고모네서 크리스마스 이브를 보내야 했다. 남편은 딸의 웃음소리도 없는 적막한 집에서 혼자 잠을 이룰 테고 혜인이는 태어나 처음으로 엄마 없는 크리스마스 이브를 보낼 터였다. 일주일 만에 집에 돌아가기로 했던 계획은 일주일에서 이 주로, 이 주에서 한 달로, 한 달에서 돌아갈 기약 없는 나날로 바뀌었다. 혜인이는 이대로 엄마 없는 새해를 맞게 될 것이었다. 금방 온다고 손가락 걸고 약속한 엄마가 왜 오지 않는지 아이는 어리둥절하고 불안해하고 있을 것이다.

올겨울 혜인이에게 따뜻한 패딩코트를 사서 입히고 싶었다. 이곳 프랑스에서 번 돈으로 말이다. 좋은 엄마가 돼보려고 선택한 일은 나를 마약을 운반한 범법자로 만들었다. 마약이라니, 내겐 영화에서나 보던 거였다. 뭔가 잘못됐을 거라고, 집에 전화 한 통 하게 해달라고 사정했지만 프랑스 경찰들은 내 말을 알아듣지 못했다.

우리 아이를, 아니 사진만이라도 볼 수 있다면! 종이에 혜인이의 얼굴을 그려본다. 그림이 영 서툴러 전혀 닮지 않은 혜인이의 얼굴. 그래도 종이에 가만히 뺨을 대본다. 편지를 쓰다 눈물이 떨어져 지저분해진 종이로 학을 접기 시작했다. 종이학이 천 마리가 되면 소원을 빌 것이다. 남편과 혜인이가 있는 내 집으로 돌아가게 해달라고….

· 차례 ·

일러두기

일부 등장인물들의 이름은 저자의 요청으로 가명을 사용했다. 단, 저자와 주요 지인들의 이름은 실명이다.

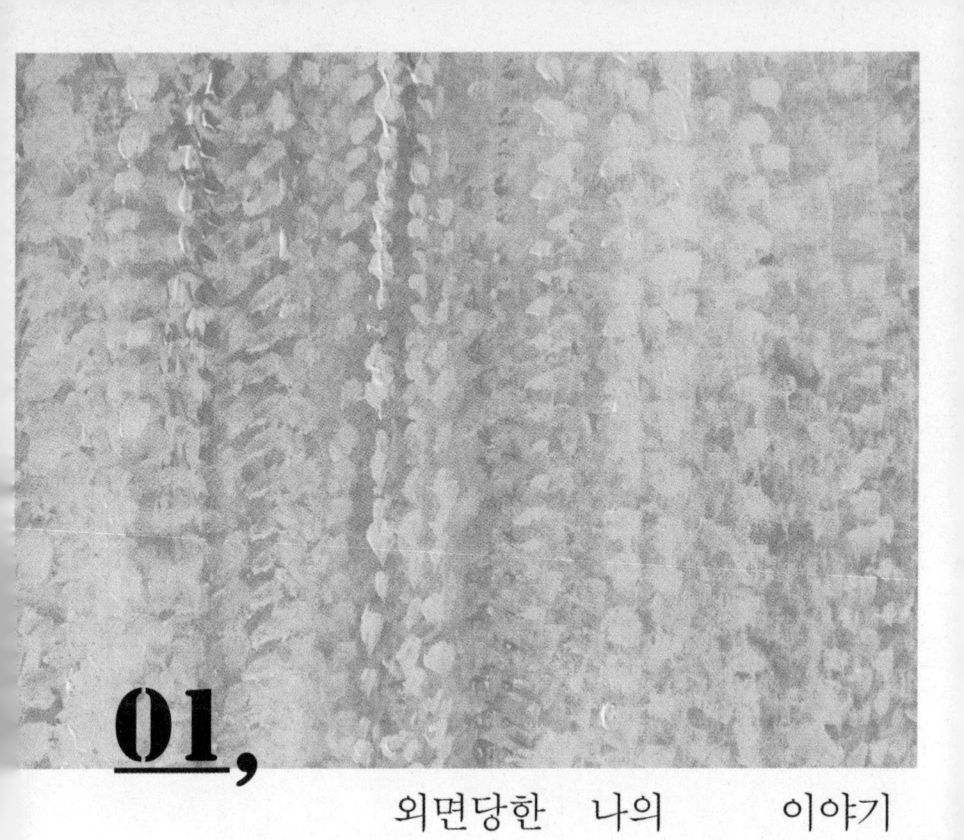

01, 외면당한 나의 이야기

지금 간신히 펜을 들어서 글을 쓰고 있다. 전부 털어놓지 않으면 계속 후회할 것이다. 여기에서 나의 목소리를 말하지 않으면, 진실은 영영 사라지고 말 것이다….

이것은 대서양의 외딴섬 마르티니크에서 지내던 당시, 나의 이야기를 기록하기로 결심하고 노트 첫머리에 적은 글귀다.

나는 파리의 프렌 구치소에서 카리브해 인근 마르티니크의 뒤코스 교도소로 이송되어 형을 살았다. 이곳에 오기 전에는 들어본 적도 없고, 지도에서조차 찾기 힘든 곳, 마르티니크. 영문도 모른 채 공항에서 체포된 이후 교도소에서 보낸 세월만 꼬박 십육 개월이다. 공항 경찰은 나더러 마약을 운반했다는 혐의로 수갑을 채워 유치장에 가두었다. 내가 가이아나에서 프랑스의 오를리 공항으로 운반한 것은 코카인이었다. 사건이 터지고 나서야 내 눈으로 그것을 보았다. 금광 원석이 들어 있을 줄로 알았던 가방 안에 가득 담긴 하얀 가루…. 드라마나 영화, 뉴스에서만 보던 일이 내 눈앞에서 펼쳐지고 있었다. 더구나 나는 구경꾼이 아니었다. 마약은 내 가방 안에서 나온 것이다. 꿈을 꾸고 있다고 생각했다. 한참 동안은 도저히 현실로 느껴지지 않았다. 그러나 눈을 떴을 때도 여전히 나는 차가운 감방 안에 있었다.

하루빨리 판결을 받아 남편과 혜인이에게 돌아가는 것만이 나를 지탱해주는 희망이었다. 아니, 죗값을 더 치러야 한다면 적어도 내 나라에서 형을 받고 싶을 뿐이었다. 내가 바라는 것은 요행도, 무엇도 아니었다. 내가 원한 건 재판이었다. 내가 저지른 죄에 대한 공정한 판결을 받는 것. 그러기 위해서는 한국에서의 재판 서류가 필요했다.

이미 우리나라에서는 2005년 7월 20일, 검찰이 남미의 마약조직과 함께 마약 운반책으로 한국인을 끌어들인 주진철 일당을 기소하면서 내 사건이 알려졌다. 내가 프랑스에서 형을 살게 된 지 구 개월이 지난 시점이었다. 남편은 한국의 신문에 나에 대한 기사가 여러 군데 실렸다고 편지로 전해주었다. 우리는 사건이 빨리 해결될 수 있으리라는 희망을 품었지만, 웬일인지 내 사건은 전혀 진전되는 기미가 보이지 않았다.

아무것도 모르는 혜인이는 엄마가 프랑스에 공부하러 간 줄로 믿고 있다고 했다. 하지만 시간이 흐를수록 엄마는 언제 오느냐, 엄마가 장난감을 사주기로 했는데 왜 안 오느냐며 혜인이의 투정이 심해지고 있다고 했다. 기약이 없었다. 영영 이곳에서 벗어나지 못할 것만 같았다. 내 사건을 맡은 국선변호사조차 나를 만나주지 않았고, 말이 통하지 않는 동양인 여자에게 관심을 갖는 이는 아무도 없었다. 나는 섬이었다. 내가 살고 있는 마르티니크처럼, 사방이 망망대해만 펼쳐져 있는 가운데 혼자 고립되어 있는 처지였다. 가끔 남편과 국제전화를 했지만 이미 지칠 대로 지친 남편과 나는 울기만 할 뿐이었다.

나를 속여 마약이 든 가방을 들게 한 주진철은 2005년 10월에 붙잡혔다. 주진철은 원석을 운반해주면 한국 돈으로 사백만 원을 주겠다고 나를 속인 뒤, 마약이 든 가방을 건네주었다는 사실을 검찰에 털어놓았다. 주진철이 말한 내용은 진술서에 고스란히 적혀 있었다. 나와 남편은 한 번 더 희망을 가졌다. 나를 이곳에 오게 한 사람이 잡혔으니, 일전의 희망보다 더 구체적이고 확실한 기대를 품을 수 있었다.

하지만 그 희망마저 무너졌다. 교도소에서 가석방이 되었지만 여전히 나는 보호감찰을 받는 신분이었다. 한국에서 판결문이 오지 않았으니, 제대로 된 재판을 받을 수조차 없었다. 프랑스 법원마저 고개를 갸웃거릴 정도로, 한국에서는 어떠한 기별도 없었다. 나는 섬을 떠날 수도 없고, 이사를 할 수도 없었다. 법원에서 나를 소환한다면 언제든지 응해야 했다. 여권이 없는 나는 마르티니크에서 일자리를 찾을 수조차 없었다. 내 여권은 교도소에서 사건의 증거물로 가지고 있었다. 끼니도 제대로 먹지 못했다. 물도 마음껏 마실 수 없었다. 하루하루 말라갔고 머리카락은 점점 더 빠졌다. 영양실조라고 했다. 이렇게 시간이 흐르고 날짜가 계속 가는데 내 사건은 해결될 기미가 보이지 않았다.

한국에서 연락이 온 것은 그즈음이었다. KBS방송국의 '추적 60분' 취재팀이 내게 편지를 보내왔다. 내 사건을 취재하고 싶다면서 나를 만나러 오겠다고 했다. 내 이야기를 세상에 알리기 위해 이곳 머나먼 마르티니크까지 나를 찾아오겠다고 한 것이다. 실감이 나지 않았다. 어떻게 답을 해야 할지, 어떤 게 옳은 건지 분간할 수 없었다. 그들은 나의 사건이 단순히 개인의 문제가 아니라 국가에서 국민을 보호하기 위한 노력을 하지 않는 문제라고 했다. 그 한

마디에 마음이 흔들렸다. 한참을 편지를 들고 서성였다.

그간 한국대사관에 여러 통의 편지를 보냈다. 나의 사건을 알아달라고, 내가 여기 있단는 걸 알아달라고. 그러나 그들의 눈에 나는 한낱 죄인일 뿐이었다. 그것도 멀리 프랑스에까지 와서 나라 이름에 먹칠을 한 죄인. 세상이 나를 죄인이라 하니 나 역시도 내가 죄인인 줄 알고 체념하고 있는데, 어딘가에서는 나의 억울함을 알아주는 사람이 있었던 것이다. 방송국에서 나를 취재해서 어떤 내용을 담아가려는 계획인지, 내 처지를 얼마나 알고 있는지는 확인할 길이 없었다. 하지만 방송국에서 온 연락은 누군가 내게 처음 내밀어준 손길이었다. 나는 그 손을 잡았다. 부끄럽지만 내 이야기를 하고 싶었다. 이곳에서는 누구도 들어주지 않았던 나의 이야기를.

이후의 일이 어떻게 될지는 알 수 없었다. 그러나 취재에 응하겠다고 답을 했다. 방송국에서는 곧바로 회신이 왔다. 편지에는 방문 일정과 함께 남편도 함께 동행하겠다고 했다.

며칠 후, 아파트 문을 두드리는 소리가 났다. 마치 퇴근하고 집으로 돌아오는 것처럼 남편은 문 밖에서 나를 불렀다.

"혜인엄마, 문 열어."

나는 귀신에 홀린 듯 멍한 얼굴로 문을 열었다. 남편과 방송국 사람들이 서 있었다. 내가 용기를 내어 잡은 손은, 그토록 보고 싶던 남편을 내 눈앞에 데려다주었다. 방송국에서 계획했던 일 박 이 일의 일정은 눈 깜짝할 새 흘러갔고 남편과 방송국 사람들은 이내 돌아가야 했다. 다시 혼자가 되어 올려다본 마르티니크의 하늘은 푸르기만 한다. 저 하늘은 한없이 가라앉는 내 기분과는 상관없이 높고 푸르기만 하다. 일 박 이 일이라는 시간은 너무도 짧았다. 일 년 반 만에 남편을 볼 수 있어 기뻤지만, 또 한 번의 이별은 내 가슴을 찢어놓았다.

이렇게 일찍 갈 줄 알았더라면 괜히 오라고 했을까? 가슴이 아프다. 누군가가 내 가슴에 못을 박는 것 같았다. 남편을 따라 집으로 돌아가고 싶었다. 여기 남겨지는 것이 미치도록 두려웠다. 지금껏 미치지 않은 것만 해도 정말 다행이라고 생각했지만, 이럴 때는 차라리 미쳐버렸으면 좋겠다는 생각도 든다. 그럼 이 생각 저 생각 하지 않고 잠시나마 현실을 잊고 잠들 수 있을 테니.

2006년 4월 5일, 내 이야기가 드디어 KBS '추적 60분'에서 방영되었다. 방송이 전파를 탄 뒤 나를 돕기 위한 인터넷 카페가 개설되었다고 했다. 이제 나에게 건네오는 손길은 하나가 아니었다. 여러 명의 손길, 여러 명의 따뜻한 시선이 나를 향하고 있었고, 나를 도와주려고 하고 있었다. 방송국에서 말한 대로, 내 사건이 나 혼자만의 문제가 아니라는 것에 그들은 공감해주었다.

인터넷 카페 회원들은 나를 위해 모금을 시작했고, 매일같이 나를 응원하는 글들이 올라왔다. 온갖 생필품이 마르티니크까지 배송되었다. 그들은 나와 관련된 기사들을 스크랩해서 더 많은 사람들에게 알렸다.

그렇게 나의 이야기는 세상에 알려지게 되었다.

02, 처음 만난 위기

남편은 성실한 사람이었다.

그 믿음직하고 성실한 됨됨이에 반해서 평생을 함께하기로 약속했다. 우리의 결혼생활은 평범했다. 세상에서 가장 어려운 게 평범하게 사는 거라고 하는데, 고맙게도 우리는 큰 어려움 없이 잘 지냈다. 남편은 우리 두 사람이 충분히 먹고살고 저축할 만큼의 돈을 벌어왔다. 남편이 벌어다주는 돈으로 한 달을 생활하고, 보험을 들고, 적금을 들기에 부족함이 없었다. 나는 오늘 저녁에는 무엇을 해 먹을까, 남편이 조금 피곤해 보이면 어디서 보약이라도 지어다 먹일까 같은 사소한 일에도 골똘히 고민하는 행복한 주부였다. 별로 걱정할 것이 없던 나날이었다.

나는 우리 부부가 '성공'했다고 믿어 의심치 않았다. 나의 자랑스러운 남편은 누구의 도움도 받지 않고 스스로 일어선 사람이었다. 남편과 연배가 비슷한 사람들, 남편의 친구, 선후배들 중에는 여태 직장을 얻지 못해 부모의 도움에 기대어 생활하는 사람도 많았고, 일을 하더라도 경제적 능력이 부족해 결혼을 부담스러워하는 이들도 있었다. 혹은 결혼을 해서도 부부간에 돈을 둘러싸고 갈등이 끊이지 않는 사람들 이야기도 간간이 들려왔다. 그에 비하면 우리는 비록 무모하게 결혼했지만, 직장도 있었고 소소한 행복을 누리며 잘살고 있었다. 그 흔한 고부간의 갈등도 없었고 시누이들과도 모두 친자매처럼 사이좋게 지냈다. 큰 욕심이 없어서였을까, 나는 남부러울 것 없는 한 가정의 안주인이었다.

어느 날이던가, 남편이 느닷없이 어디 갈 데가 있다며 준비하라고 했다. 남편이 원래 바깥나들이를 즐기거나, 이유 없이 뭔가 하자고 말하는 성격이 아니어서, 무슨 일이 있나 보다 하고 일단 고개만 끄덕였다. 남편은 기왕이면 예쁘게 차려입으라고 했다.

"어디를 가자는 건데?"

나의 물음에도 남편은 답이 없었다. 어디를 가는지 알아야지, 라고 투덜거렸지만 남편은 더 이상 말이 없었다. 남편의 기색을 살

펴보아도 평소와 다름없는 표정이었다. 남편은 그런 사람이었다. 늘 무뚝뚝한 표정 그대로, 화를 내는 일도 없고 큰소리로 웃는 일도 거의 없는 조용한 사람이었다. 좋다, 싫다는 감정표현도 별로 하지 않았고, 사랑한다는 말도 그렇게 인색할 수가 없었다. 짐짓 토라진 척이라도 하면 그런 걸 꼭 말로 해야 아느냐고, 한마디 뱉는 게 전부였다.

남편은 가본 적이 없는 동네로 나를 데려갔다. 낯선 길가에서 남편은 발걸음을 멈췄다. 둘러보니 모델하우스 앞이었다. 남편은 내 손목을 이끌고 모델하우스 안으로 성큼성큼 들어가면서 이렇게 말했다.

"무슨 문제 있어 보이는지 아닌지 잘 봐 둬. 앞으로 우리가 살 집이니까."

순간 귀를 의심했다. 우뚝 걸음을 멈추고 남편을 보았다. 말은 그렇게 해도 남편 역시 설레는 모양인지 나에게 청혼을 하던 그때처럼 얼굴이 발갛게 상기돼 있었다. 놀라 쳐다보는 나를 향해 남편은 말을 이었다.

"우리 적금 타면 저 집을 사자. 그리고 저 집에서 우리 아기를 키우자."

나는 뭐라고 말해야 할지 몰라 남편의 손을 꼭 잡았다. 눈물이 날 것만 같았다. 집은 크고 넓고 깔끔했다. 모델하우스라니 인테리어며 조명이며 눈에 보이는 하나하나까지 얼마나 신경을 썼겠냐마는 정말 황홀할 만큼 예뻤다. 영화나 드라마에서 보는 것 같은 아름다운 새집에서 우리의 보금자리를 꾸밀 생각을 하니 가슴이 벅차올랐다.

그날 이후로 기분이 붕 떠 있는 듯 저절로 웃음이 났다. 이사갈 집을 생각하며 즐거운 계획 세우기에 여념이 없었다. 안방의 장롱은 어떤 디자인이 좋을지, 아이를 생각하면 식탁은 어느 정도 크기로 사는 게 나을지, 아예 이사를 가기 전에 돈을 좀 들여서라도 리모델링을 하는 게 나을지, 에어컨은 몇 평짜리로 사는 게 현명할지, 거실에만 놓을지 안방에도 놓아야 할지…. 출근하는 남편을 배웅하고, 청소를 하고 설거지를 하면서도 혼자 빙긋빙긋 웃으면서 생각에 잠겼다. TV를 보다가도 예쁜 침대가 보이거나 근사한 소파가 눈에 띄면 '저런 것들은 어디에서 살 수 있나' 고민을 해보고, 손에 잡히는 메모지에 가구 브랜드나 디자인 같은 것을 메모해두곤 했다. 내 인생을 뒤바꾼 그 사건이 일어나기 전 내 기억 속에서 가장 평화롭고 행복한 나날들이었다. 그런 행복이 한순간에 밑바닥으로 곤두박질치기까지는 오래 걸리지 않았다.

모든 것의 시작은 재훈 씨 때문이었다. 남편의 후배인 재훈 씨는 우리 부부와는 가까운 사이였다. 성격도 밝고 싹싹해서 나를 '형수님'이라고 부르며 마치 친누나를 대하듯 허물없이 대했다.

사업을 하는 재훈 씨는 나 몰래 남편에게 돈을 빌린 일이 여러 차례 있었다. 나는 눈치를 채고서도 짐짓 모르는 척해줄 수밖에 없었다. 천성이 착한 남편은 생면부지인 남들이 힘들어하는 것조차 그냥 지나치지 못하는 성격이었기 때문이었다. 지하철에서 찬송가를 틀어놓고 구걸하는 맹인에게도 주머니에 있는 잔돈을 전부 털어주는 사람이었다. 점심 사 먹을 돈, 심지어 차비까지 탈탈 털어주고는 끼니를 거르거나 한 시간이 넘는 거리를 걸어서 퇴근하는 경우도 허다했다. 그러니 오랜 시간 형제처럼 지낸 재훈 씨가 도움을 청했다면 남편은 절대로 모른 척할 사람이 아니었다.

만약 남편이 재훈 씨한테 돈이나 몇 푼 빌려주고 그 정도 선에서 끝냈더라면 얼마나 좋았을까? 나는 아마도 돌려받을 수 있을지 없을지 모르는 돈을 언제까지 그렇게 퍼다 줄 셈이냐고 바가지를 긁었을 것이다. 그러면 남편은 사람이 돼서 돕고 살아야지 않겠냐며 못 들은 척했을 것이다. 그 때문에 말다툼을 할 수도 있었겠지만 아마 그게 전부였을 것이다. 그러나 현실은 내 생각과 달랐다. 뭔가 잘못되어가고 있었다. 그것도 아주 크게 잘못되어가고 있었다.

어느 날 집으로 날아온 독촉장을 받았다. 독촉장에는 선명한 인쇄체로 남편의 이름이 적혀 있었다. 돈을 빌려준 것도 모자라 기어이 재훈 씨에게 보증을 서 주었던 모양이었다. 금액이 어마어마했다. 내겐 비현실적인 숫자였다. 충격이 너무 심하면 아무 생각도 하지 못한다고, 독촉장을 손에 쥔 채 그대로 멍하니 서 있었다. 당장 해결하지 않으면 우리가 여지껏 모은 전 재산을 한순간에 빼앗기고 거리에 나앉을 게 뻔했다.

늦은 저녁 남편이 퇴근할 때까지 아무것도 하지도 않고 먹지도 않고, 불도 켜지 않은 채 거실에 앉아 있었다. 현관문을 열고 들어선 남편이 어둠 속에 앉아 있는 날 발견하고 물었다.

"어두운데 불도 안 켜고 뭐하고 있는 거야?"

나는 대답 대신 남편에게 독촉장을 내밀었다. 남편은 알고 있었다는 듯 입을 굳게 다문 채 종이를 받아들었다. 나는 어서 무슨 말이라도 해보라는 얼굴로 남편을 빤히 바라보았다. 남편은 우두커니 서서 독촉장을 내려다보다가 한마디했다.

"미안해. 어쩔 수 없었어. 재훈이가 너무 힘들어하길래…."

순간 속이 뒤집히는 듯했다.

"그럼, 나는, 나는…? 내가 힘들어하는 건 당신 눈에 안 보여?"

남편에게 처음으로 소리를 질렀다.

"…미안해. 진짜 미안해."

몇 달만 쓰면 된다는 재훈 씨의 간곡한 부탁으로 보증을 서주었다고 했다. 무려 일 억이 훨씬 넘는 돈이었다.

그 이후로 남편은 늘 나에게 미안해했다. 미안해하며 고개를 숙이는 남편을 볼 때마다 사람이 약지 못하고 착하기만 한 게 너무 미웠다. 차라리 미안하다는 말이나 하지 않으면 내 속에서 천불이 안 나지 싶었다.

우선 살던 집의 보증금을 빼고 차까지 팔아 급한 돈을 갚았다. 턱없이 모자랐다. 남편과 손을 꼭 붙잡고 모델하우스를 구경하면서 꾸었던 새 아파트의 꿈도 물거품이 되었다. 어렵사리 탄 적금마저도 고스란히 빚 갚는 데 들어갔다. 보증금 팔천만 원이었던 집을 떠나 겨우 남긴 오백만 원으로 조그만 월세를 얻었다. 좁은 집이었다. 가지고 있던 가구와 짐들은 꼭 필요한 것만 남겨놓고 모두 팔거나 버리거나, 필요하다는 사람들에게 주었다.

이사 갈 짐을 싸놓고 남은 반찬 몇 개에 밥을 먹었다. 행복했던 그 집에서의 마지막 식사였다. 식탁도 처분한 터라 차를 마실 때나 펴서 쓰던 반상에 반찬을 올려놓았다. 상이 비좁아 밥그릇은 놓을 자리도 없었다. 한 손에 밥그릇을 들고 말없이 밥을 먹다가 지금 내가 뭐하고 있는 건가 싶어 왈칵 눈물이 쏟아졌다.

“울지 마, 밥 먹으면서 울면 체해.”

남편은 여느 때와 다름없이 덤덤하게 말하고는 밥 한 그릇을 꾸역꾸역 비웠다. 나는 밥그릇을 바닥에 팽개치듯 내려놓고 서럽게 울었다. 지금 당신은 밥이 넘어가느냐고, 우리가 누구 때문에 이렇게 쫓기듯 이사를 가는 거냐는 말이 목구멍까지 치밀어 올랐다. 먹는 둥 마는 둥 상을 치우고 떠나야 할 시간이 되었다. 발길이 떨어지지 않았다. 돌아서서 휑한 집을 둘러보는데 가슴이 먹먹했다. TV에서 보았던 안락한 소파와 멋진 침대 같은 장면들도 눈앞에 아른거렸다. TV에서 보았던 그것들은 여전히 손 닿지 않는 곳에 있는, 절대 내 것이 될 수 없는 것들이었다.

우리 부부의 삶은 더 이상 바닥으로 내려갈 수 없을 정도로 바닥을 치고 있었다. 재훈 씨는 사업이 잘되지 않자 급한 대로 돈을 마구 끌어다 썼다. 돈을 빌린 곳은 한두 군데가 아니었다. 은행 빚은 물론이고, 카드 돌려막기를 한 것도 모자라 사채까지…. 빌릴 수 있는 돈은 모조리 다 빌려다 쓴 모양이었다. 이미 이자는 터무니없이 불어나 원금보다 더 큰 액수가 되어 있었다. 보증의 책임을 떠안은 우리는 하루하루 이자 내는 것도 버거웠다. 덩달아 남편마저 신용불량자로 전락하고 말았다.

부부 싸움이라고 해봤자 사소한 말다툼이 고작이었던 우리 부부는 그 시절 가장 많이 싸웠다. 사소한 일에도 울컥했고, 불쑥불쑥 화가 치밀었고 세상이 원망스러웠다. 온종일 가슴속에 치미는 울분을 어쩌지 못하다가 남편이 집에 들어오면 탓하고 싸우는 게 일상이었다.

그즈음 잠을 자면 재훈 씨 꿈을 자주 꾸었다. 꿈에서 나는 늘 재훈 씨에게 화를 내고, 급기야는 때리고 발로 차고, 칼로 찔러 죽이기까지 했다. 그래도 분이 풀리지 않았다. 돈 천 원, 이천 원이 없어 쌀이 떨어져가는 것조차 초조하기만 하던 그때, 나는 재훈 씨를 보기만 하면 어떻게든 보복해주고 싶은 심정이었다. 하지만 화가 나는 건 둘째 치고 재훈 씨와는 통 연락이 되지 않았다. 이대로 빚을 우리가 다 뒤집어 써야 하는 건가 싶어 안절부절 못했다.

재훈 씨를 만난 건 한참 시간이 흐른 뒤였다. 남편은 밖에 나가고 집에 나 혼자 있었다. 재훈 씨가 제 발로 우리 집을 찾아왔다. 나는 문을 열어주고는 쿵쾅거리는 가슴을 진정시키며 그가 들어오기를 기다렸다. 재훈 씨의 몰골은 눈 뜨고 볼 수 없을 정도로 말이 아니었다. 얼마나 오랫동안 씻지 못하고 지냈는지 얼굴은 지저분하게 얼룩덜룩한 데다, 머리카락에는 여기저기 먼지 같은 것들이 빗자루 털마냥 뭉쳐 있었다. 손톱도 새까맣고 몸에서는 냄새가 났다.

그는 나를 바라보고 한참을 현관에 서 있더니 이윽고 입을 열었다. 목소리엔 힘이 없었다.

"형수님, 배가 고파서 왔어요. 저 밥 좀 주세요."

우리 집을 시궁창에 처박은 이 인간을 만나면 절대로 가만 안 둔다고 몇 번이고 다짐했었다. 무릎을 꿇고 용서를 구해도 이제 와 용서해달라면 무슨 소용이냐고 달려들어 뺨이라도 후려쳐주겠다고 이를 갈며 생각했었다. 그런데 막상 눈앞에 있는 그를 보고도 아무것도 할 수가 없었다.

"반찬 할 게 없는데…"

나는 말끝을 흐렸다. 밥을 주기 싫어서가 아니라, 정말 반찬이랄 게 없었다. 집에 있는 반찬이라고는 장아찌와 김치가 전부였다.

측은했다. '형수님, 형수님' 하며 그토록 잘 따르던 재훈 씨가 아니던가. 그가 무리하게 사업을 벌이지만 않았다면 우리는 지금도 가족처럼 잘 지냈을 것이다. 아니, 우리에게 말도 안 되는 빚만 떠넘기지 않았더라도 오랜 우정과 믿음이 파탄 나는 일은 없었을 것이다. 씹지도 않고 허겁지겁 밥을 퍼먹고 있는 재훈 씨의 앞에 앉았다. 며칠을 굶은 모양이었다. 밥을 두 공기나 후딱 비운 재훈 씨를 물끄러미 바라보다가 물었다.

"더 줄까?"

재훈 씨는 대답 대신 한 손으로 얼굴을 감싸더니 흐느끼기 시작했다. 우리 돈은 언제 갚을 거냐고 물어보고 싶었지만, 때가 끼고 부르튼 더러운 손으로 얼굴을 감싸고 엉엉 우는 재훈 씨 앞에서 차마 입이 떨어지지가 않았다. 재훈 씨는 울먹이며 제대로 나오지 않는 목소리로 말했다.

"형수님, 미안해요, 정말 미안해요…."

나는 어쩔 줄 모르고 그런 재훈 씨를 바라볼 뿐이었다. 한참 뒤 진정이 되자 재훈 씨는 잘 먹었다며 이제 그만 가보겠다고 했다. 붙잡을 수도, 어떤 말도 할 수가 없었다.

"형수님, 조만간 연락 드릴게요. 형수가 해주는 밥 먹고 싶어서 왔어요."

그리고 돌아서는 재훈 씨의 초라한 뒷모습을 보면서 나는 생각했다.

'사람 일은 모르는 거잖아. 나중에 잘되면, 그때 우리 잊지 마. 우리도 힘들지만, 어떻게든 버텨볼 테니.' 그때의 내 심정은 어떻게든 사람에 대한 믿음을 붙잡고 싶었던 것 같다. 하지만 그 말을 입 밖에 내지는 않았다. 나조차도 그 희망을 확신할 수가 없었기 때문이다. 그리고 그게 재훈 씨의 마지막 모습이었다.

다음 날 이른 아침, 남편에게 전화 한 통이 걸려왔다. 통화를 하는 남편의 얼굴에서 핏기가 가시던 모습을 아직도 기억한다. 재훈 씨가 죽었다는 소식이었다. 우리 집에서 멀지 않은 뒷산 으슥한 곳에서 목을 매 자살했다고 했다. 짤막한 유서 한 장을 남기고…. 그리 가파르지 않은 그 산 중턱에 약수터가 있어서 오가는 사람들이 많았다. 약수터에 오르던 사람이 시체를 발견한 모양이었다. 경찰은 재훈 씨의 가족이나 지인을 찾으려고 했지만, 사업이 실패하고 잠적해버린 재훈 씨에게 가까운 지인이 남아 있을 리가 없었다. 경찰은 휴대폰과 이런저런 인적사항을 뒤져서 남편의 연락처를 찾아냈다고 했다.

엄청난 일을 겪고 우리는 말을 잃었다. 남편은 재훈 씨의 장례식장에 다녀오겠다며 나갈 채비를 했다.

"같이 갈래?"

남편이 물었다. 고개를 저었다. 재훈 씨는 우리와 오랜 시간을 함께했고 좋은 사람이었지만 그가 죽었다는 게 전혀 슬프지 않았다. 원망과 미움만이 가득했다. 나에게 미안하다면서, 어떻게 그런 짓을 저지를 수 있는지, 어차피 이 세상에 미련이 없었다면 왜 나에게 밥을 달라고 했는지, 자신의 죽음으로 우리가 어떤 고통을 떠안아야 하는지 정녕 몰랐을까? 끝까지 우리에게 이렇게 해야만 했을까? 모든 게 미웠다. 흘릴 눈물조차 남아 있지 않았다. 살아 있다면 실컷 원망하고 욕이라도 퍼부을 텐데 자기 혼자 홀가분하게 세상을 버렸나 싶었다. 도저히 용서할 수가 없었다. 우리가 매일 내는 이자와 원금을 생각하면서 혼자 남은 집 안에서 나는 절망에 몸을 떨었다.

재훈 씨의 죽음에 대해 깊이 생각할 시간도 없었다. 우리는 빚을 갚고 허리띠를 조이느라 하루하루 정신이 없었다. 그리고 그렇게 힘들고 사는 게 벅차던 순간에 우리 딸 혜인이가 태어났다. 아무것도 없는 옥탑방에서 혜인이는 무럭무럭 잘 컸다. 어렵게 얻은 딸이었다. 궁색한 살림살이에도 옹알거리는 아이의 해맑은 얼굴을 보면 다치고 멍들었던 마음이 다 치료되는 것 같았다. 남편도 지친 몸으로 퇴근하고 돌아오면, 혜인이부터 찾았다. 우리는 얼굴을 맞대고 손가락, 발가락을 꼼지락대는 혜인이를 들여다보며 우리에게 찾아온 천사의 존재를 느꼈다. 지독한 가난은 여전히 우리를 따라다녔지만, 혜인이가 태어나서 다행이었다. 우리는 혜인이가 있어서 버틸 수 있었다. 지금보다 더 나은 삶을 꿈꾸었고, 혜인이를 위해서도 그래야만 했다.

혜인이가 36개월이 되던 무렵이었다. 빚은 거의 다 갚아가고 있었지만, 빚이 줄었다고 해서 우리의 형편이 나아진 건 없었다. 우린 여전히 가진 것이 아무것도 없었다. 살고 있는 옥탑방은 이미 칠팔 개월째 월세가 밀려 있었다. 여름이면 찌는 듯 덥고, 겨울이면 찬바람이 새어 들어오는 추운 집에 살면서 딸아이에게 제대로 분유를 먹이지도 못했다. 아이는 젖병에 들어 있는 분유를 다 먹고도 성에 안 차는지 늘 울곤 했다.

집주인은 월세가 너무 많이 밀렸으니, 이제 그만 방을 빼달라고 했다. 겨울이 다가오는 11월이었다. 이 겨울을 또 어떻게 나야 할지 막막했다. 어떻게 해야 할지 몰랐다. 아장아장 걷고 엄마아빠를 보면서 까르르 웃는 혜인이를 보면 위로를 받는 것 같다가도, 천장 여기저기에 곰팡이가 핀 집 천장을 올려다볼 때마다 한숨이 나왔다. 입김이 그대로 보이는 추운 방 안에서 혜인이가 감기에 걸릴세라 전전긍긍하다 보면 살길이 막막했다.

주진철이 우리 앞에 다시 나타난 것이 바로 그즈음이었다.

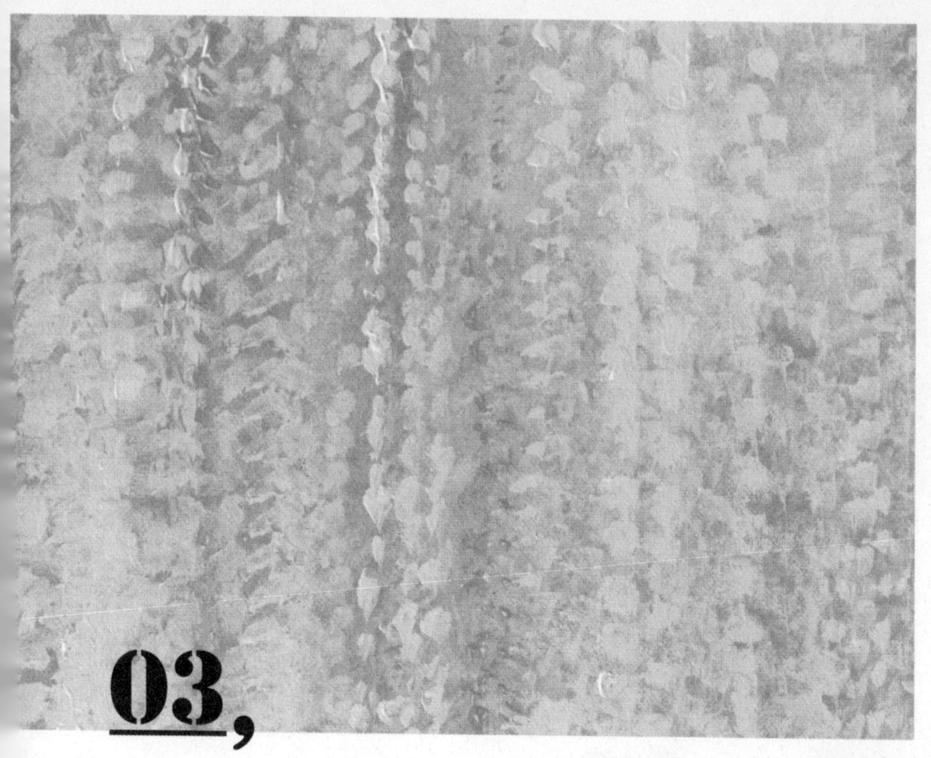

03, 위험한 제안

주진철은 남편과 가까운 후배를 통해 알게 된 동생이었다. 젊었을 때는 운동선수였다는데, 국가대표 사이클 선수로 뛴 적도 있다고 했다. 막내아들인 그는 편찮으신 어머니를 지극하게 모시는 효자였다. 그런 모습이 대견스러워 우리는 종종 반찬이며 김치를 가져다주며 챙겼다. 우리가 알고 지낸 십여 년 동안 나눈 대화는 많지 않았다. 본인이 꼭 해야 하는 말이 아니고서는 여간해서 입을 여는 일이 없었다. 말수가 워낙 적어서인지 주위에 교류하는 사람도 많지 않았다. 더구나 술도 마시지 않고, 담배도 일절 피우지 않으니 사람들과 어울리는 일이 적었다. 국가대표 선수를 하던 당시 친하게 지냈다던 형, 그러니까 남편의 후배와 우리 가족이 전부였다.

우리는 그를 그저 말 없고 유순한 사람, 내성적이고 얌전한 사람이라고만 생각했다. 단점이 있다면 융통성이 없고 씀씀이가 인색하다는 거였다. 우리 집에 자주 놀러오면서도 뭔가를 사들고 오는 걸 본 적이 없었고 어디 나가 밥을 같이 먹어도 밥값 한 번 낸 적이 없었다. 하물며 여자친구에게 돈 쓰는 것조차 아까워 했다. 간간이 서운하게 생각한 적도 있었지만 워낙 돈 쓰는 걸 싫어하는 사람이라서 그런가 보다 하고 생각했다.

우리가 알고 지내던 당시 주진철의 어머니가 일 년 반 정도 투병생활을 하다 돌아가셨다. 그의 어머니는 구리시 고속도로 근처에 자투리땅을 갖고 계셨는데, 돌아가신 직후 그 땅이 도시가스 개발사업으로 인해 보상을 받게 되었고 주진철은 생각지 못한 큰돈을 만지게 되었다. 그 돈으로 주진철은 서울 신촌에 호프집을 냈는데 장사가 잘되어 돈을 꽤 벌었다. 우리는 착한 사람이 이제야 운이 트이는 모양이라며 우리 일처럼 기뻐하고 축하해주었다. 돌아가신 그의 어머니는 아실까? 그토록 효자였던 당신 아들이 어마어마한 범죄조직에 가담해 여러 사람에게 고통을 주고 있다는 사실을….

삼 년을 그렇게 장사를 하다 주진철은 이번에는 금광사업으로 돈을 벌어보겠다며 한국에 있는 재산을 정리하고 멀리 남아메리카의 수리남으로 훌쩍 떠났다. 돌아온 주진철은 남편에게 연락을 해왔고 우리는 3년 만에 다시 만났다. 우리 부부는 오랜만에 보는 주진철이 무척 반가웠다.

"사업은 잘 돼가고?"

우리 부부가 물었다. 주진철은 약간 주저하는 듯하더니, 잘된다고 했다. 주머니 안쪽에 언뜻 현금 다발이 들어 있는 걸 보니 정말 돈을 잘 버는 모양이었다.

"사업이 잘 돼서 곧 확장할 계획이에요. 형님네도 빨리 이쪽으로 건너와요."

주진철이 진심인지 그냥 지나가는 말인지 그렇게 권유했을 때, 우리는 그렇게 멀리까지 가서 살 생각은 없다고 말하며 웃어 넘겼다. 우리는 다시 예전처럼 자주 얼굴을 보며 지냈고, 이제 한창 말이 늘기 시작한 혜인이는 주진철을 삼촌이라고 부르면서 잘 따랐다. 주진철도 혜인이를 무척 귀여워했다.

그러던 어느 날 몇몇 지인들과 함께 모인 자리에서였다. 갑자기 주진철이 우리에게 제안을 했다. 말수가 적은 그답게 내용도 간결했다.

"형님, 형수님하고 같이 아르바이트 한번 하시죠."

"아르바이트라니, 무슨?"

우리는 얼결에 되물었다. 그러자 주진철이 기다렸다는 듯 이야기를 시작했다. 여태 그에게서 들은 어떤 말보다도 가장 길고 장황한 이야기였다. 우리는 조용히 그의 이야기를 경청했다. 그것이 악몽의 시작이라는 걸 우리는 결코 알아차리지 못했다. 여태 우리가 겪은 고통들은 주진철을 만난 순간, 아무것도 아닌 일이 돼버렸다. 연락이 두절되었던 삼 년 사이에 남편이 휴대폰 번호만 바꿨더라도, 그러나 남편은 십 년 넘도록 전화번호를 한 번도 바꾸지 않은 사람이었다. 지금은 부질없는 후회일 뿐이지만 그래서 우리가 주진철의 전화를 받지만 않았더라도 아니, 우리가 형편이 나아져 살 만한 곳으로 이사만 갔더라도, 아니, 우리가 갑작스러운 빚에 쪼들리지만 않았더라도 그의 말에 솔깃하지 않았을 것이다.

주진철은 수리남에 갔다가 한국에 들어올 때마다 우리 집을 제 집처럼 드나들었다. 일주일이고 이주일이고, 통 갈 생각은 안 하고, 비좁은 우리 집에서 밥을 먹고 잠을 잤다. 우리는 그런 주진철을 늘 반겨주었다. 우리 집에 머무는 동안에도 그는 어딘가를 바쁘게 오갔다. 주진철의 가방에는 늘 현금다발이 잔뜩 들어 있었다. 우리 부부는 순진하게도 광산 일이 그렇게 잘되는 거냐고 묻기만 했다. 주진철은 늘 그렇듯 말이 없었다. 원래 말수가 적은 사람이니, 그러려니 했다.

주진철이 제안한 아르바이트라는 것은 금광에서 캔 원석을 운반하는 일이었다. 자기가 해야 할 일이지만 혼자서 옮기면 비싼 세금을 물어야 해서, 여러 명을 동원해 짐을 나눠서 옮긴다고 했다. 그렇게 해서 세금을 좀 덜 내려는 거라고 말했다.

"…그거 혹시 불법 같은 거 아니야?"

우리 부부가 물었다. 주진철은 손사래를 쳤다.

"아이고, 형님. 불법이라뇨. 굳이 말하자면 편법이죠. 왜, 면세점에서 일정 금액 이상 돈을 쓰면 세금을 더 내잖아요. 그 세금 나라에 고스란히 갖다 바치느니, 형님네한테 주면 누이 좋고 매부 좋은 거 아니겠어요?"

그러면서 우리 부부만이 아니라 또 다른 친구 한 명과 자신의 여자친구 김민아, 그리고 다른 여자 한 사람도 같이 가기로 했다고 덧붙였다. 우리는 동네에 살고 있는 김민아를 몇 번 본 적도 있었고, 주진철과 함께 만난 적도 있었다. 우리 둘만 가는 게 아니라고 하니, 조금은 안심이 되었다. 그러면서 주진철은 확실하게 못을 박겠다는 듯 말했다.

"불법이면, 내가 아무리 형님하고 형수님한테 이런 일을 하자고 하겠어요?"

그럴듯했다. 아니, 전혀 그럴듯하지 않았는데 그냥 믿고 싶었던 걸지도 몰랐다. 우리는 얼굴을 마주 보며 잠시 망설였다. 주진철은 끈질기게 같이 가자고 말했다. 그냥 원석만 옮겨주고 나서 두 분은 나간 김에 관광이나 좀 하고 들어오시라고 했다.

하긴 우리 부부는 해외여행을 가본 적이 없었다. 처음에는 돈을 모으느라, 나중에는 빚을 갚느라 시간적으로도 금전적으로도 여유가 없었다. 마침 재훈 씨가 남긴 빚은 거의 다 갚아가던 차였다. 빚은 줄어들고 있었지만 남편은 점점 더 지쳐갔다. 혜인이 덕분에 조금이나마 힘을 내던 남편은 그즈음 맥이 풀린다는 말을 자주 했다. 그런 남편을 지켜볼 때마다 마음이 아팠다.

우리가 망설이는 기색을 보이자, 주진철은 우리에게 사백만 원을 주겠다고 제안했다. 수수료를 제하고 삼백만 원을 가져가라는 거였다. 삼백만 원이면 당시 우리에겐 복권에 당첨된 거나 다름없는 횡재였다. 우리 주위에 있던 사람들은, 자기들도 데리고 가달라고, 원석 운반하는 일에 끼고 싶다고 우리를 졸랐다. 지금은 그 순간을 후회하고 또 후회한다. 차라리 꿈이었다면, 한때의 꿈이었다면…. 그의 말을 한 귀로 듣고 흘렸더라면….

하지만 그때 우리의 형편이 워낙 힘들었다. 금방 추워질 텐데 방세는 몇 달을 밀렸고, 주인은 방을 비워 달라고 하고…. 혹하지 않을 도리가 없었다. 이 세상에 사기를 당하는 이들이 모두 멍청해서 일까? 정말 사기 치려고 마음먹은 이들한테는 아무리 똑똑한 사람도 꼼짝없이 당할 수밖에 없을 것이다. 나중에 우리를 많이 도와준 사람들도 그런 질문을 많이 했다. 정말 의심하지 못했느냐고. 그러한 질문을 받을 때마다 가슴이 꽉 막혀온다. 십 년 넘게 알고 지낸 동생이 돈 삼백만 원을 주면서 여자친구와 같이 동행해달라고 하는데 의심하지 않았던 게 그토록 세상 사람들 눈에는 어리석어 보이는 것일까?

그의 사업장이 있는 수리남에 가기 위해서는 프랑스 파리에서 비행기를 갈아타고 가야 했다. 그곳에서 가이아나로, 가이아나에서 다시 수리남으로 가는 기나긴 여정이었다.

남아메리카에 있는 나라 가이아나는 네덜란드의 식민지였던 당시 많은 사람들이 흑인 노예로 끌려간 아픔이 있는 곳이다. 이후 영국의 지배령이 되면서 노예무역은 없어졌지만, 여전히 대다수의 국민들이 영국의 노동력 착취에 시달렸다고 한다. 내 삶만큼이나 굴곡이 많은 나라였다. 지금은 독립해서 어엿한 가이아나공화국이다. 가이아나에는 알루미늄의 원료가 되는 보크사이트라는 광물은 물론이고 다이아몬드 · 금 · 망간 등의 풍부한 지하자원이 매

장되어 있다고 한다. 주진철이 금광사업을 하고 있다는 수리남은 가이아나의 옆에 위치한 나라였다. 예전에 네덜란드의 식민지였다가 역시 독립했고, 가이아나처럼 광산자원이 풍부하다고 했다.

2004년 10월 21일, 프랑스 파리에 가는 비행기에 몸을 실었다. 그날은 내 생일이기도 했다. 예정대로라면 남편과 함께 출발할 예정이었는데, 주진철이 말을 바꾸었다. 일단 여자들만 출발했으면 좋겠다면서 내 비행기 티켓만 전해준 것이다. 남편은 혼자 먼 길 가게 해서 어쩌냐고 자꾸만 미안해했다. 이제 와 생각하면 얼마나 다행스러운 일인지….

혜인이는 옆집에 맡겨두었다. 대전에 시누이가 살고 있었지만, 넉넉히 일주일이면 다시 돌아올 예정이었기 때문에 가까운 곳에 맡기기로 한 것이었다. 어린 혜인이는 아직 엄마가 옆에서 보듬어주고 안아주어야 할 나이였다. 태어나서 한 번도 엄마와 떨어져 지내본 적이 없던 혜인이는 엄마가 파리에 가서 몇 밤 자고 온다고 하자, "엄마, 파리 가지 마, 파리 안 가면 안 돼?" 하며 울어댔다. 발길이 떨어지지 않았다. 하지만 가야 했다. 엄마한테서 떨어지려 하지 않고 발버둥치며 우는 딸에게 이천 원짜리 장난감을 쥐어주고 달랬다.

"혜인아, 일곱 밤만 자면 엄마 올 거야. 갔다 와서 우리 혜인이

좋아하는 맛있는 거 많이 해줄게. 그때까지 아줌마랑 같이 있어. 알았지? 엄마한테 웃으면서 인사해줘야지."

혜인이는 고개를 끄덕였다. 나는 눈물 콧물로 범벅이 된 혜인이의 얼굴을 닦아주고 떨어지지 않는 발걸음을 옮겼다. 민아 씨와 만나 함께 인천국제공항으로 향했다. 공항에서 다른 동행들과 합류했다. 이제 갓 스무 살이 넘어 보이는 앳된 얼굴의 정유진 씨와 주진철의 친구라는 이형식 씨였다. 우리는 서로 어색하게 인사를 나누었다.

인천국제공항에서 파리까지는 열두 시간이 걸렸다. 비행 시간 내내 혜인이의 울던 모습이 떠올라 내 마음을 무겁게 짓눌렀다. 차라리 눈을 감고 잠을 청해보려고도 했지만 쉽게 잠을 이루기 힘들었다. 처음으로 외국에 나간다는 생각에 조금 들뜬 것도 사실이었다. 그곳의 날씨는 어떨까, 한국처럼 추울까, 어떤 사람들을 만나게 될까, 음식은 입에 맞을까, 말이 안 통할 텐데 갑자기 아프거나 급한 일이 생기면 어떻게 할까…? 한 번도 가보지 못한 나라에 가서, 한 번도 듣지 못한 언어를 쓰는 사람들과 낯선 풍경들을 보게 된다. 어쩌면 즐거운 일이 생길지도 몰랐다. 가슴이 두근두근했다.

그리고 파리 샤를 드골 공항에 도착했다. 추웠다. 한국보다 더

쌀쌀한 것 같았다. TV에서 보던 파리의 날씨는 늘 쾌청하고 공기마저 다른 것 같았는데, 사람 사는 곳은 다 똑같은지 우리나라와 별반 다를 게 없어 보였다. 공항에서 전화통화를 하거나 카트를 밀며 걸음을 재촉하는 사람들 모두 바쁘고 정신없어 보였다. 머리털 나고 처음으로 그 많은 외국인들 틈에 서게 된 나는 낯선 주위 풍경을 연신 두리번거렸다. 나처럼 키 작은 동양인 여자에게는 눈길을 주는 사람조차 없었다. 이형식 씨는 정신없이 주위를 둘러보는 우리를 재촉해서 공항 안 호텔로 데려갔다.

우리 일행 가운데 프랑스어를 할 수 있는 사람은 아무도 없었다. 하지만 이형식 씨는 능숙하게 우리를 호텔로 안내해주었다. 그는 어디에 무슨 식당이 있고, 어떤 음식을 시켜야 우리 입맛에 맞는지, 몇 번 버스를 타고 어디로 가야 하는지 등을 자세히 알고 있었다. 이형식은 감탄하는 우리의 기색을 보고는 아내와 함께 몇 번 와봤다며 얼버무렸다. 지금 생각해보면 묻지도 않았는데 황급히 변명하던 그의 태도가 수상쩍기는 했다. 하지만 그때는 그런 세세한 것들을 신경 쓸 겨를도 없었다. 그저 아내와 여행을 자주 다니는구나, 라고만 생각했다. 무슨 일로 머나먼 프랑스까지 자주 왔는지, 아내는 뭘 하는 사람인지에 대해서 궁금한 생각도 나지 않았고 시시콜콜 개인사를 물어볼 정도로 친밀한 사이도 아니었다.

호텔에서 하룻밤 쉬고 나서 바로 가이아나로 떠나는 비행기를 타기로 되어 있었다. 출발하기 전 조금 부담스럽기는 하지만 혜인이에게 엄마 목소리를 들려주려고 국제전화를 걸었다. 아이를 맡아주신 아주머니는 혜인이가 잘 먹고 잘 놀고 있으니 걱정 말고 잘 다녀오라고 하면서 전화를 바꿔주었다. 음감은 좋지 않았지만, 수화기 너머 들려오는 혜인이는 엄마 목소리에 반가워 어쩔 줄 몰라 했다. 팔짝팔짝 뛰고 있는지 가쁜 숨소리도 들려왔다. 낯을 가리지 않고 사람들을 잘 따르는 혜인이는 웃음이 많은 아이였다. 아이의 목소리를 들으니 이렇게 멀리 떨어져 있다는 것이 갑자기 사무치게 느껴졌다. 눈물이 날 것 같았다. 요금이 비싸서 통화를 길게 할 수 없었다. 전화를 끊기 전 "엄마 빨리 혜인이한테 갈게, 아줌마 말씀 잘 듣고 기다려"라고 당부하는 것도 잊지 않았다. 그나마 아이 목소리라도 듣고 나니 좀 살 것만 같았다. 빨리 돌아가서 혜인이를 꼭 안아주고 아이의 평화로운 숨소리를 듣고 싶은 생각뿐이었다. 그다음 간단히 남편에게 전화해 파리에 도착했다고 알리고 나니 마음이 한결 놓였다. 민아 씨와 벌써부터 집에 빨리 가고 싶다는 말을 몇 번이나 했다.

샤를 드골 공항에서 가이아나까지는 아홉 시간이 걸렸다. 지치고 힘들었다. 평소에도 돌아다니는 것을 별로 좋아하지 않는 성격이라 시간이 갈수록 힘에 부쳤다. 게다가 시차 때문에 잠을 제대로 못 잤더니 더욱 피곤하고 머리가 지끈지끈 아팠다. 괜히 일을 하겠다고 했나, 싶다가도 따뜻한 겨울옷을 입고 눈 위를 뛰어다닐 혜인이를 생각하면서 이를 악물었다. 빨리 일을 끝내고 돈을 받으면 혜인이 옷도 사주고, 오랜만에 우리 세 식구 맛있는 곳에 가서 외식도 해야겠다고 생각했다. 혜인이의 웃는 얼굴을 떠올리면 잠이 깨는 것처럼 눈앞이 밝아지고 힘이 났다. 몸이 힘들 때마다 혜인이를 생각하면서 열심히 사람들을 따라다녔다.

가이아나 공항에 도착하니, 우리를 기다리는 사람이 있었다. 신재균이라는 이름의 한국 사람이었다. 한두 번쯤 오다가다 만난 적이 있을 법한 익숙하고 평범한 인상의 아저씨였다. 적당히 배가 나오고 번들거리는 얼굴을 가진 중년 남자. 아마 한국에서 그 사람을 만났다면 기억하지 못할 만큼 흔한 인상이었다. 그는 우리더러 차에 타라고 했다. 공항에서 차를 타고 꼬박 두 시간 삼십 분 정도 이동했다. 서울에서 10월 21일에 출발했는데 시간차 때문에 여전히 10월 21일이었다.

드디어 수리남에 도착했다. 우리의 숙소는 호텔이 아니라 일반 가정집이었다. 일행이 한두 명도 아니고 서로 불편할 텐데 굳이 집으로 데려가는 게 이상했다.

"우리, 호텔로 가는 것 아니었나요?"

나의 물음에 신 씨는 두 번 생각할 것도 없다는 듯 "여기 호텔들은 영 별로예요"라고 답했다. 집은 눈이 휘둥그레질 정도로 커다란 저택이었다. 수리남 사람들은 하나같이 잘사는 것인지, 아니면 그 동네가 부자동네였던 건지 집들이 전부 웅장하고 으리으리했다. 나중에 알게 된 거지만 수리남은 빈부의 격차가 우리나라보다 더 심하다고 한다. 이것저것 생각할 겨를도 없이, 우리는 오랜 여행에 지쳐 짐을 풀 새도 없이 잠에 곯아떨어졌다.

지금 생각해보면 의심할 만한 구석은 한두 가지가 아니었다. 하지만 그때 나의 상황에서는 의심할 수가 없었다. 아는 사람이라고는 아무도 없는 지구 반대편에 있는 나라에서 나는 그들 일당에 의지하지 않고서는 집으로 돌아갈 수도, 아니 당장 밥 한 끼를 먹을 수도 없었다. 심지어 그들은 우리들의 여권과 비자까지도 가져가서 보관하고 있었다. 똑같은 일이 다시 벌어진다고 하더라도 아마 나는 또 다시 속을 것이다. 슬프지만 사실이다.

그곳에서 하루가 가고 이틀이 지났는데도 주진철은 그림자도 보이지 않았다. 주진철을 기다려야 일을 시작할 수 있는 건지, 아니면 더 올 사람이 있는 건지, 사람들은 움직일 생각도 하지 않았고 뭐라고 속 시원하게 상황을 설명해주지도 않았다. 매일매일 무료하게 시간을 보냈고 점점 지쳐갔다. 민아 씨에게 주진철은 대체 언제 오는 거냐고 묻기도 했지만 민아 씨도 아는 게 없기는 마찬가지였다. 이따끔 주진철에게 안부전화가 걸려오는 게 전부였다. 민아 씨가 언제 올 거냐고 재촉했지만, 너무 바빠서 움직이지도 못한다고 얘기할 뿐이었다. 민아 씨도 자신을 낯선 땅까지 불러들여놓고 들여다보러 오지 않는 남자친구에 대해 무척 서운해하고 언짢아했다. 나는 서운함보다는 조바심이 더 났다. 예정보다 일정이 길어졌다. 혜인이한테 손가락 걸고 약속한 일주일이 훌쩍 지나가고 있었다.

수리남에 꼼짝없이 발이 묶인 채 시간만 갔다. 답답해도 밖으로 나갈 수도 없었다. 수리남에서는 네덜란드어를 썼기 때문에, 어차피 나간다고 해도 말이 통하지 않을 것이었다. 돌덩이 옮기는 게 뭐 그리 복잡하냐고 물어도 이런저런 핑계를 대며 시간을 까먹고만 있었다. 참다못한 내가 아무나 붙잡고 물었다.

"우리 언제 움직여요? 돌은 언제 옮기냐고요."

내 질문을 받은 남자는 별 귀찮은 아줌마를 다 보겠다는 듯, 경멸 섞인 눈길로 내려다보았다. "곧 한다니까요. 좀 기다려요. 거 참 아줌마 되게 참을성이 없네"라는 대답이 돌아올 뿐이었다.

우리가 묵는 숙소는 조용했다. 간간이 덩치 좋은 흑인 한 사람이 드나들 뿐, 우리가 묵고 있는 숙소에서는 나가는 사람도, 들어오는 사람도 더 없었다. 그곳에서 우리가 할 수 있는 일이라곤 밥을 해 먹고, 무료하게 날짜를 세는 것뿐이었다. 어서 원석을 받아 들고 집으로 돌아갈 날만 기다렸다. 가끔 휴대전화를 빌려서 남편과 혜인이와 통화를 하기는 했으나, 얼굴을 보지 못하니 더욱더 그립고 답답했다.

일주일이 지났다. 이제 집에 갈 때가 되었다고 말했다. 갑갑하고 지루한 생활에서 벗어나 드디어 한국에 가게 된 것이다. 너무 기뻤다. 그런데 우리가 옮겨야 할 짐은 보이지 않았다.

"돌은 어디 있어요?"

사람들에게 물었다. 누가 대답했는지는 기억나지 않지만, 가이아나에 가면 나눠주겠다는 게 아닌가. 아니, 그럴 거면 왜 수리남까지 데려와서 고생을 시켜…라는 말이 목구멍까지 올라왔다. 어이가 없었다. 참 실없는 사람들이라고 생각했다. 그럼 그냥 가이아나에서 기다려도 됐을 것을….

수리남에 처음 도착했을 때처럼, 차를 타고 다시 공항으로 이동했다. 우리가 탄 차 뒤편으로 빨간색 지프차가 따라오는 것이 보였다. 뒤따라오고 있는 게 누구냐고 묻자, 금광 사장이라고 답해주었다. 가는 도중 한적한 주유소가 보였다. 기름을 넣겠다고 차를 세우더니 우리에게도 같이 내리라고 했다. 뒤에 따라오던 빨간색 지프에서도 사람이 내렸다. 온몸에 금목걸이며 금팔찌며 금반지로 잔뜩 치장한 흑인 남자였다. 멀리에서 보아도 번쩍번쩍 눈에 띌 것 같았다. 순진하게도 나는 '금광 사장이라서 금이 정말 많나 보네'라고 생각했다.

그들은 우리에게 각각 천오백 유로와 우리의 비자와 여권을 돌려주었다. 일 유로가 한국 돈으로 천 원이 조금 넘으니, 우리나라 돈으로 이백만 원정도 되는 돈이었다. 우리가 받기로 한 돈은 사백만 원이었는데. 돈을 왜 절반밖에 주지 않느냐고 묻자, 나머지는 원석을 무사히 옮긴 다음에 주겠다고 했다. 우리가 돈을 받으면 도망이라도 갈까 봐 그러나 싶으면서도 조금 이상했다. 아니, 이상한 것은 그뿐이 아니었다. 하지만 이상하다고 해서 깊이 생각할 여력이 안 되었다. 주진철은 끝까지 나타나지 않았다.

가이아나에 도착했다. 여기에서 또 말이 달라졌다. 이형식 씨와 나만 하루 먼저 파리에 가 있으라는 거였다. 싫었다. 내가 왜 그렇게 해야 하는 거냐고 물었더니, 비행기 티켓이 당장 두 장밖에 안 된다고 했다. 그러면 이형식 씨 말고 민아 씨하고 함께 갈 수 있게 해달라고 부탁해봤지만, 그렇게는 안 된다고 했다. 그나마 친하게 지내던 민아 씨와도 떨어져 잘 모르는 남자와 먼 곳까지 가야 한다는 사실이 영 내키지가 않았다. 하지만 혜인이 때문에라도 더는 지체할 수 없었다.

여정도 이제 끝나가고 있었다. 내일이면 주진철이 부탁한 원석을 들고 파리 오를리 공항으로 가서 약속한 대로 건네주기만 하면 그만이었다. 그러면 집으로 돌아가 남편도 만나고, 난생처음 구경한 외국 이야기도 들려주고, 그토록 보고 싶었던 혜인이를 만날 수 있다. 다른 생각은 하지 않았다. 애써 집에 돌아간다는 생각에만 집중했다. 아마 그 가방에 주진철이 약속한 대로 진짜 원석이 들어 있었다면 지금 내가 이런 글을 쓰고 있지는 않았을 것이다. 내게는 아직도 그 사건이 꿈만 같다. 지금 생각해보면, 아마도 주진철은 자기 여자친구를 보호하기 위해서 날 시험 대상으로 쓴 게 분명했다. 이용할 건 다하면서 그래도 여자친구라고….

파리행 비행기를 타기 전에 가방을 받았다. 내 몸뚱이만큼이나 커다란 기내용 트렁크였다. 너무 무거워서 나는 들 엄두도 내지 못했다. 원석이라 무겁긴 무겁구나 생각했다. 트렁크를 옮기는 것은 이형식 씨가 도맡아 해주었다. 남편에게 전화를 했다. 비싼 통화료 때문에 짤막하게 세 마디만 했다.

"자기야, 지금 파리행 비행기 타러 가는 길이야. 혜인이한테 오늘 저녁에 한번 들렀다 와. 너무 걱정 말고."

그 짧은 통화가 마지막이 될 줄이야….

04, 감당할 수 없는 세계

파리 오를리 공항에 도착했다. 가이아나에서 아홉 시간 날아와 도착한 프랑스는 무척 추웠다. 한국에서 왔을 때는 이 정도까지는 아니었는데, 더운 지방에 있다가 와서 그런지 더 춥게 느껴졌다. 이가 딱딱 부딪힐 정도로 몸이 떨렸다. 옷을 더 껴입고 싶었지만, 마땅히 덧입을 옷도 없었다. 내가 들고 온 짐은 단출했다. 가지고 온 옷이라곤 속옷 몇 장과 점퍼 하나, 여유분의 청바지 한 벌, 티셔츠와 조끼, 그리고 조그마한 손가방 하나뿐이었다. 애시당초 오래 머무를 생각이 아니었으니까. 간단하게 꾸린 짐이었다. 가방을 검열대에 올려놓고 차례를 기다렸다.

내 순서가 되자 공항에 있던 경찰들이 나에게 다가왔다. 내 트렁크를 가리키더니, 영어로 열어보라고 말했다. 나는 순순히 "오케이" 하고 답하고 트렁크를 열려고 해봤지만, 열리지 않았다. 트렁크에는 자물쇠가 달려 있었다. 그것도 비밀번호를 맞춰야 열리게 돼 있는 자물쇠였다. 방금에서야 자물쇠가 달려 있다는 걸 알게 된 내가 자물쇠의 비밀번호를 알 턱이 없었다.

나는 근처에 서 있던 이형식 씨에게 손짓했다. 이형식 씨는 굳은 얼굴로 그 자리에 못 박힌 듯 서 있기만 했다. 답답해진 나는 큰소리로 이형식 씨를 불렀다. 이형식 씨의 눈이 불안하게 흔들리는 게 보였다. 마지못해 다가온 그는 트렁크를 열려고는 하지 않고 자꾸 주위를 두리번거리기만 했다. 지켜보고 있는 프랑스인 경찰들이 의식된 나는 "아저씨, 뭐하는 거에요, 비밀번호 빨리 가르쳐줘요. 그냥 돌덩이인데, 뭐 어때요?" 하고 재촉했다. 그래도 이형식 씨는 우물쭈물하기만 하고 트렁크에 손을 대려고 하지 않았다. 그는 심각한 얼굴로 입 다물고 있으라고 눈치만 줄 뿐이었다.

그런 우리를 보고 있던 경찰은 수상하다는 걸 느꼈는지, 잠깐 기다리라고 하고는 무언가를 가져왔다. 끌 같은 거였다. 그러고는 강제로 가방을 열기 시작했다. 가방 안에는 더러운 수건이 덮여 있었고, 수건을 들추자 시커먼 테이프로 둘둘 감싼 책 같은 게 여러 덩

어리가 있었다. 경찰들은 그 자리에서 칼로 테이프를 뜯어내기 시작했다. 그리고 나와 이형식 씨한테 수갑을 채웠다. 아니, 왜…? 믿을 수가 없었다.

경찰은 우리를 검열대 옆에 위치한 조사실로 데려갔다. 한국에 있을 때는 그 흔한 벌금 한번 문 적이 없었는데, 이렇게 먼 나라까지 와서 지금 내가 뭘 하고 있는 걸까, 귓가가 윙윙거리고 눈앞이 어질어질했다. 누군가 내 머리를 대형망치로 후려친 듯한 기분이었다. 주진철의 목소리가 뇌리에 울렸다. '아이고, 형님. 불법이라뇨. 내가 아무리 형님하고 형수님한테 법을 어기는 일을 하자고 하겠어요…' 그래. 주진철이 절대 아니랬잖아. 불법이 아니랬잖아. 주진철이 우릴 속일 사람이 아니잖아. 그런데 이 수갑은 뭐지? 입술이 바짝바짝 말라가는 중에도 내가 왜 이곳에 강제로 끌려와야 하는지를 열심히 이해해보려고 했지만 도저히 알 수가 없었다. 상황을 모르는 사람은 나뿐이었다. 영문도 모른 채 눈동자만 굴리고 있는 나에게 경찰관은 영어로 차근차근 설명을 해주었다. 경찰관이 하는 말 중에서 알아들을 수 있는 단어는 하나뿐이었다. 코카인, 코카인. 내 가방에서 나온 게 코카인이라는 의미였다.

멍해졌다. 아무 생각도 나지 않았다. 코카인이 무엇인지는 나도 알고 있었다. 경찰은 계속해서 나에게 손짓을 섞어가며 한참 뭐라고 이야기했지만 나는 눈을 뜬 채 무기력하게 침묵의 세계로 가라앉는 느낌이었다. 한참 동안 아무 소리도 들리지 않았다. 어차피 알아들을 수도 없는 말들이었다. 눈앞이 하얘졌다. 혜인이와 남편 얼굴이 떠올랐다. 혜인아, 엄마 어떡해. 여보, 혜인아빠, 나 이제 어떻게 되는 거야…?

경찰과 조사실에 있던 사람들은 나에게 가방을 가리켰다. 직접 한 번 보라는 말인 것 같았다. 다리에 힘이 풀려서 일어날 수 없었다. 사람들이 나를 부축해서 가방이 놓여 있는 쪽으로 데리고 갔다. 봉지 가득 하얀 가루가 잔뜩 들어 있었다. 다시 사람들은 나에게 뭐라고 말을 하기 시작했다. '어나더 피플' 이런 단어가 들렸다. 다른 사람이 있냐고, 누가 시킨 일이냐고 묻는 것 같았다. 말이 통하지 않으니 그들도 나도 제대로 이야기를 나눌 수가 없었다. 순간 주머니에 들어 있던 쪽지가 떠올랐다. 오를리 공항에 가서 만날 사람들의 이름이 적혀 있는 쪽지였다. 경찰에 쪽지를 건네주면 그 사람들을 잡을 수 있지 않을까? 그러나 쪽지를 보여주어도 무슨 뜻인지를 알아듣지 못했다. '가이아나에 마약과 관련된 사람들이 있다.' 역시나 못 알아듣고 만다. 답답한 노릇이다.

시간은 계속 흘렀다. 일 분 일 초가 지옥 같았다. 그 사이 소변검사도 했다. 내가 마약을 한 적이 있는지 검사하는 것 같았다. 당연히 내 몸에서 마약 성분이 나올 리가 없었다. 그들은 그제야 나를 보는 눈빛을 누그러뜨렸다.

두어 시간 정도 지나자 한국인 통역사가 도착했다. 젊은 여자였다. 그녀를 본 순간 주저앉아 울어버렸다. 이제 저들에게 내 얘기를 할 수 있겠구나, 내가 아무것도 몰랐다는 걸 전할 수 있겠구나 싶어 가슴이 두근거렸다. 그러나 통역사는 조사실에 들어서면서 내게 힐끗 시선을 주던 순간부터, 떠나는 순간까지 내내 표정이 없었다. 내가 절박한 심경에 팔에라도 손을 댈라치면 불쾌하다는 표정으로 쳐냈다. 하지만 내가 하는 말을 알아들을 수 있는 사람이 왔다는 것에 긴장이 풀리고 말았다. 처음 보는 사람들 앞에서 통역사를 붙들고 한참을 흐느껴 울었다. 통역사는 진정하고 아는 대로 차근차근 이야기해보라고 했다. 아까 그 쪽지에 대해 이야기를 하니 황급히 출동했다. 가이아나에도 사람이 있다고 하니 급히 전화를 돌리고 분주했다. 몇 시간 뒤 가이아나에 있는 사람들도 붙잡혔다고 연락이 왔다. 사람들은 그제야 이형식 씨는 유치장에 그대로 놔둔 채 내 수갑을 풀어주고 커피를 타주고 손가방도 돌려주며 친절을 베풀었다. 그땐 몰랐지만 수사 협조로 정상참작을 받을 수 있게 된 거였다.

여태까지 살아오면서 단 한 번도 '아프다', '슬프다', '나는 잘못이 없다'와 같은 짤막한 의사소통조차 안 되는 세상을 경험해본 적이 없었다. 여기에서는 내가 하는 말을 이해할 수 있는 사람이 아무도 없었다.

통역사를 통해 처음부터 끝까지 아는 대로 전부 털어놓았다. 가슴이 터질 듯했다. 엄마가 보고 싶다고, 일곱 밤이 벌써 지났는데 왜 엄마가 아직도 안 오냐고 우는 혜인이의 목소리가 여기까지 들려오는 것 같았다. 우리 혜인이, 우리 혜인이는 어떻게 하지? 그러다 정신이 번쩍 들었다. 남편에게 이 사실을 알려야 했다. 주진철이 아무것도 모르는 남편을 여기로 불러들이면 어떻게 하지? 한시라도 빨리 연락을 해야만 했다. 통역사에게 애원했다.

"저기, 통역사님, 저희 남편한테 전화 한 통화만 할 수 없을까요? 네? 제발요. 꼭 해야 해요."

"장미정 씨, 장미정 씨는 지금 마음대로 전화통화를 할 수가 없어요. 안 돼요."

통역사는 사무적으로 답을 할 뿐이었다. 남편이 나처럼 속아서 오고 있는지 모른다고, 오지 말라고 얘기해줘야 한다고, 어린 딸이 엄마를 기다리고 있다고, 한번만 통화를 하게 해달라고 간절하게 빌었다. 하지만 누구도 내 말을 듣지 않았다. 내 말을 알아들을 수 있는 단 한 명의 한국인 통역사마저 내 말을 차갑게 외면했다.

공항에서의 긴 조사에 이어 경찰은 나와 이형식 씨를 차에 태웠다. 두려울 뿐이었다. 통역사에게 물어봤다.

"지금 어디로 가는 거예요?"

"검찰청에 가는 거예요."

차창 밖으로 보이는 파리 시내는 영화에서 보던 낭만적인 풍경과는 많이 달랐다. 파리의 가을은 스산했다. 바람이 불면 마른 낙엽이 떨어졌고, 더러는 차창으로 날아들기도 했다. 이곳의 가을바람은 너무나 싸늘하고 버석거렸다. 두려움과 불안으로 산산이 부서질 것만 같은 내 심정처럼. 온몸이 부르르 떨렸다. 너무 추웠다. 사시나무 떨듯 떠는 동안 귓가에는 계속 아이 울음소리가 들려오는 것 같았다.

검찰로 이동하자마자 나는 유치장 독방으로 옮겨졌다. 이미 상당히 늦은 시간이었던 것 같다. 다들 자는 모양인지 주위가 쥐 죽은 듯 조용했다. 깨어나지 않는 꿈을 꾸고 있는 것 같았다. 잠을 청해보려고 누웠지만, 잠이 오지 않았다. 남편을 처음 만났을 때, 처음 데이트하던 날, 결혼식을 올리던 날, 재훈 씨와 울고 웃고 지내던 지난날 그리고 재훈 씨가 죽기 전 마지막으로 밥 먹던 모습을 바라보던 순간, 혜인이를 가졌을 때 남편과 함께 기뻐하던 날, 혜인이가 태어나고 혜인이가 처음으로 웃고 걸음마를 하던 날…, 모든 일들이 하나하나 스쳐갔다. 차디찬 유치장에서 숨죽여 울었다. 우리 혜인이가 엄마랑 이토록 장시간 떨어져 있는 건 처음이니 분명 지금쯤은 보채고 있을 거였다. 친척집에 맡기고 왔더라면 이 불안한 마음이 좀 덜할 텐데 미칠 것만 같았다. 남편이랑 통화만 해도 살 것 같은데 어떡해야 할지 눈물만 나왔다. 그래도 지금 생각하면 그때는 정신이 반 정도는 남아 있었던 것 같다.

그렇게 두려움 속에 밤을 지새우고, 호출하는 소리에 나가보니 어제 본 통역사가 벌써 와 있었다. 반가운 마음에 인사를 했지만, 통역사는 고개를 돌렸다. 무척이나 차가운 사람이었다. 마약범을 위해 통역해주러 나와 있는 것이 불쾌하고 창피한 눈치다.

검사와의 심문이 기다리고 있었다. 정신이 아찔했다. 아니 몽롱했다. 꿈이야, 이건 꿈이야 하고 계속 중얼거렸다. 눈앞에는 남편과 혜인이의 얼굴만 아른거렸다. 다행히 어제 공항에서의 고압적인 분위기보다는 한결 부드러웠다. 수갑도 차지 않았다.

"당신의 협조 덕분에 일단 가이아나에서 세 명이 잡혔고 앞으로 윗선까지 잡히면 석방도 될 수 있다. 정상참작하여 원한다면 형을 한국에서 살 수 있다."

2004년에 체결된 유럽과의 협정에 따라, 유럽에서 범죄를 저지른 한국인 범법자들은 한국으로 환송되어 형을 살 수 있게 되었다는 것이었다. 특히 마약법에 있어서는 나처럼 일당 중에서 처음 잡힌 사람의 진술을 통해 일당을 전부 검거하게 되면 단순 운반책으로 인정되어 형이 감형된다고 했다. 결과적으로 대사관 쪽에서 나를 잘 도와준다면, 한국에서 형을 살 수 있다는 얘기였다. 그조차 별로 위안은 되지 않았지만 당시 내가 매달릴 수 있는 희망이라곤 그 말 한마디밖에 없었다. 내가 잡히자마자 제보한 내용을 토대로, 가이아나에 있는 일당도 모두 잡힌 상황이었다. 어쩌면 이건 큰 희망이었다. 그 밖에 많은 말을 들었지만 달리 기억나는 건 없다. 어차피 알아들을 수도 없는 말들이니까.

그저 혜인이와 남편의 얼굴만 눈앞에 아른거렸다. 겁이 났다. 통역사가 나지막한 목소리로 검사의 말을 통역해주고 있었지만 더는 들리지 않았다. 혜인이가 엄마를 부르며 우는 소리만 환청처럼 계속 들려왔다. 억장이 무너지는 심정이 이런 걸까, 한번 눈물이 나기 시작하자 멈추지 않았다. 내가 할 수 있는 거라곤 가슴을 치며 우는 것뿐, 못난 엄마가 해줄 수 있는 게 없었다. 검사가 내게 지병이 있느냐고 물었다. 어설픈 동정을 사려는 것처럼 보일 것 같아 고개를 가로저었다.

십 년 전 아버지가 돌아가시고 난 뒤, 심장 공황장애 진단을 받았다. 혼자 심장이 멎는다고 생각하는 병이었다. 심전도 검사를 해봤지만, 별 이상은 없었다. 병원에서는 아버지가 돌아가신 충격으로 생긴 후유증 같다고 했다. 병원에서 지어준 약을 이삼 년 정도 꾸준히 복용하고 나니 정상적인 생활을 할 수 있었다. 정신적인 문제다 보니, 혼자 있고 심적 불안이 커지면 더욱 심해지기는 했지만 생명에는 아무 지장이 없었다.

심장 공황장애로는 감옥행을 면할 방법이 없었다. 어쩌면 프랑스에서도 고칠 수 없는 희귀한 병에 걸렸다면 무사히 한국으로 돌아갈 수 있을지 모른다고 생각했다. 그때만큼은 건강한 내 몸이 이렇게 원망스러울 수가 없었다. 차라리 죽을병에라도 걸렸으면….

남편에게 내가 구속되었다는 사실을 알려야만 했다. 지금쯤 내가 이런 상황에 처한 줄은 꿈에도 모르고 안절부절 못하고 있을 게 분명했다. 우리 혜인이도 언제까지 옆집에 그대로 둘 수는 없었다. 잠깐 여유 시간이 생겼을 때 통역사에게 다시 조심스럽게 물어보았다. 아니, 거의 애원이었다.

"애기아빠와 연락할 수 있는 방법은 없을까요?"

"편지를 쓰시면 되죠."

사무적이고 감정이 없는 말투였다. 그 싸늘한 표정과 말투는 지금도 잊을 수가 없다. 나는 입술을 깨물고는 다시 물었다. 편지를 쓴다면 또 무슨 수로 써서 부친단 말인가.

"편지를 쓰면 얼마나 있다가 도착할까요?"

"국제우편일 테니, 아무래도 시간이 걸리겠죠."

"…그럼 부탁 좀 드릴게요, 제 대신 애기아빠한테 전화 한 통화만 해주시면 안 될까요?"

어느새 내 목소리는 울먹이는 목소리로 변했다. 통역사는 자기 귀가 의심스럽다는 듯 천천히 고개를 돌려 나를 빤히 바라보았다.

"저기요, 장미정 씨, 지금 저한테 심부름 시키시는 거예요? 웃기지도 않아서 내가 진짜…. 아니, 부끄러운 줄을 아셔야죠. 여기까지 와서 나라 이름에 먹칠이나 한 주제에 어디다 대고 감히 나한테 전화를 하라 마라야…?"

가슴이 철렁했다. 이제 스물여덟 살이라는 통역사는 혐오감을 숨기지 않고 나를 보았다. 그 이상은 뭐라고 더 말할 수가 없었다. 가슴을 움켜쥐고 그대로 주저앉았다. 숨을 쉴 수가 없었다. 일 분도 걸리지 않을 전화통화가 나에게는 얼마나 중요한 일인데. 하지만 통역사의 말이 서운하긴 해도 틀린 건 아니었다. 나는 머나먼 프랑스까지 나와 한국인의 이름을 욕되게 한 죄인이었다. 그녀가 밉거나 원망스럽기보다는 내가 어쩌다 이 지경이 되었을까 하는 막막함뿐이었다.

가슴에서 피눈물이 난다는 게 이런 거구나 싶었다. 그나마 내가 협조해서 정상참작이 될 거라는 검사의 말을 생각하며 기도를 했다. 하나도 빠짐없이 다 잡히라고 교회도, 절도, 성당도 한 번도 나간 적이 없었지만, 내가 지금 할 수 있는 것은 기도밖에 없었다. 떠오르는 모든 신에게 기도를 올렸다. 신들은 알 것이다. 내가 정말이 가혹한 벌을 받아야 마땅한 사람인지를.

귓전에 울리는 딸아이의 울음소리를 계속 들으면서 다시 유치장에 갇혔다. 넋이 나간 사람처럼 "혜인아, 엄마 어떡해. 혜인아, 보고 싶어. 혜인아…" 내내 딸아이의 이름만 중얼거렸다. 이제 나는 딸아이에게도 죄인이 되어버렸다. 혜인이는 감옥에 갇힌 엄마를 갖게 되었다. 이제 만 세 살이 된 혜인이는 무슨 잘못이 있어서 나 같은 엄마를 가지게 된 걸까. 혜인이에게도 나에게도 평생의 상처가 될 것이다. 더 이상 흐를 눈물도 없었지만, 하염없이 울었다. 소리 내어 우는 것마저 눈치가 보여서 입을 틀어막고 엎드려 울었다. 어제부터 제대로 먹은 것도 마신 것도 없는데, 울음을 그칠 수가 없었다. 유치장을 감시하던 경찰관이 나에게 따뜻한 커피와 담요를 갖다주었다. 동정의 시선마저 부담스러웠다. 고맙다는 말도 하지 못한 채, 담요로 입을 틀어막고 계속 목놓아 울었다.

몇 시간을 그렇게 울었을까, 임시 변호사와 임시 판사를 만나야 한다고 했다. 드디어 호출이 와서 변호사를 만났다. 이역만리 외국 땅에서 변호사를 살 돈이 없는 나에게 배정된 국선변호사였다. 키가 크고 훤칠한 여자였다. 변호사는 내 어깨를 토닥거리며 기운차게 뭐라고 말했다. 통역사를 멍하니 쳐다보니 좋은 결과가 있기를 기도하라는 말이라고 했다. 변호사는 아이를 위해서라도 힘을 내라며, 당신이 마약 조직범이 아니라는 걸 자기도 알고 있으니 너무 염려하지 말라고 했다. 그냥 하는 형식적인 말인지 정말 위로를 하는 말인지 분간할 수가 없었다. 하지만 통역사 없이는 서로 한마디도 이야기를 나누지 못하는 외국인이라도 해도 그녀에게 고마웠다. 나를 위해 그 나라 말로 변호를 해줄 사람이 있다는 것에 마음이 놓였다.

드디어 호출이다. 난생처음 판사, 변호사, 검사 앞에 섰다. 다리가 후들거렸다. 사람들이 뭐라고들 말을 하는데 동굴에서 하는 말처럼 웅웅대는 것처럼 들렸다. 눈앞에는 남편과 혜인이의 얼굴만 어른거렸다. 쓰러질 듯 쓰러질 듯 정신이 아득한 사이에 모든 절차가 끝난 모양이었다. 통역사가 말했다. 이제 교도소로 가는 거라고. 이게 무슨 날벼락인지…. 비로소 상황이 끝났다는 것을 알았다.

"교도소에 도착하면 바로 가족들한테 편지 쓰세요."

그 말 한마디를 남기고 통역사는 떠났다. 나와 의사소통이 되는 유일한 한국 사람이 그렇게 등을 보이고 떠나버렸다. 그때를 지금 기억해봐도 정말 모든 순간이 정신없고 벼락을 맞은 기분이었다. 봉고차 같은 까만색 이송차를 타고 교도소로 향했다. 그날이 11월 2일이었다.

프랑스에서는 구치소라는 것이 따로 없고 절차에 따라 바로 교도소행이라고 한다. 이젠 내가 누구인지조차 헷갈렸다. 아이 키우고 장 보고 밥하는 게 전부였던 내가 이런 일을 겪는다는 게 말이 안 되는 거였다. 우리 혜인이, 우리 남편! 이제 다시는 못 보게 되는 게 아닐까?

10월 21일에 인천공항을 떠났고, 10월 30일에 체포되었다. 심문을 받고 교도소 입소가 확정되기까지는 겨우 사흘이 걸렸다. 그 사흘간의 시간 동안 내 삶에 더 이상의 바닥은 없을 거라고 생각했다. 그러나 그런 생각마저도 얼마나 오만한 것이었는지 깨닫게 되는 데는 오래 걸리지 않았다. '바닥'이라는 것은 늪과 같아서 빠지면 빠질수록, 헤어나오려 발버둥치면 칠수록 더 깊어진다는 것을 알게 되었다. 나는 도저히 내가 감당할 수 없는 세계를 마주하고 있었다.

프랑스의 교도소는 우리나라처럼 국가에서 운영하는 체제가 아니라고 했다. 대부분은 민간 기업에서 운영하고 있는데, 하루 세 끼를 제공받는 것 외에는 모든 생필품을 교도소 내에서 돈을 주고 사서 써야 했다. 교도소 안에는 매점이 있었는데 간식부터 옷, 속옷, 칫솔, 치약, 비누 등 없는 게 없었다. 가족이나 지인들이 면회를 와서 물품을 넣어준다고 해도 교도소 매점에서 파는 물품들은 가차없이 돌려보낸다고 했다. 그러니 교도소에서 죄인으로 갇혀 있는 것도 서러운데 돈마저 없으면 사람 취급조차 받기 힘들었다.

파리 외곽에 위치한 프렌 교도소에 도착했을 때는 저녁 아홉 시가 넘었다. 어두워서 잘 보이지 않았지만, 낡고 오래되어 음침한 건물이었다. 교도소라는 곳은 다 그런 곳인지. 콘크리트 때문인지 냉기가 올라와 몸이 부르르 떨렸다. 교도관은 혹시 내가 무기나 흉기를 가지고 있나 살피려는지 몸수색을 했다. 비록 수갑을 차고 잡혀 들어오기는 했지만 평범한 아줌마인 나에게 무기가 있을 리 없었다. 그러나 교도관들에게는 내가 여느 범죄인과 다를 것 없는 요주의 인물이었다. 더구나 나는 마약사범의 협의를 받고 들어왔기 때문에 몸 속 어딘가에 숨겨놓은 마약이 없나 살피는지도 몰랐다. 거친 몸수색을 당하면서 매 순간 지옥으로 떨어지는 나 자신을 느꼈다.

나와 함께 이곳으로 이송된 여자 중에서는 오자마자 죽은 사람도 있었다. 마약을 운반하는 사람들은 세관의 감시를 피하기 위해서 온갖 기상천외한 방법을 동원했다. 뒤늦게 알게 되었지만 주진철은 소량의 마약을 숨겨 올 때, 신발 밑창에 깔고서 왔다갔다 했다고 한다. 어떤 사람은 자신이 데리고 온 강아지의 배를 갈라서 마약을 집어넣기도 했고, 또 어떤 사람은 콘돔에다 마약을 넣어서 그걸 삼키고는, 나중에 오일을 먹고 변과 함께 배출하는 방법을 사용하기도 한다고 했다. 그렇게까지 해서 숨겨서 가져오는 마약은 그들에게 대체 어떤 의미일까? 나로서는 이해할 수가 없었다. 죽은 여자도 콘돔에 마약을 넣고 삼키는 방법을 택했는데, 그게 뱃속에서 터진 모양이었다. 여자는 치사량의 마약을 견디지 못하고 그만 숨지고 말았다.

교도관은 나에게 3층에 있는 방으로 들어가라고 했다. 소지품을 맡기고 방으로 들어갔다. 이곳 교도소에서는 범죄의 경중에 따라 죄수들을 분리해서 수용해놓았다. 지하에는 흉악범과 장기수가, 2층에는 재판이 끝난 죄수들, 3층에는 미결수와 초범, 타국 출신들이 수용되어 있었다. 프랑스인은 거의 없었고 대부분이 미국, 영국, 러시아, 중국, 태국, 타이완, 스페인 등지에서 온 사람들이었다. 각각의 방은 한 평 정도였다. 그 좁은 공간을 두 명이서 함께 쓰는 구조였다. 방에는 2층 침대 하나와 책상, 의자가 하나씩 있었다. 변기도 하나 있었는데, 좁은 방에 칸막이를 칠 만한 여유조차 없어서 커튼으로 대충 가려놓은 게 다였다. 그리고 창이라고 시늉을 해놓은, 아주 조그만 창문이 하나 있었다.

바닥은 차디찼다. 바닥에서 온기가 올라오는 곳은 우리나라뿐이라더니, 이곳에선 서 있기만 해도 뼈까지 시릴 정도로 한기가 들었다. 흔한 난방기구도 하나 없었다. 이불도 변변하게 깔려 있지 않아 너무 추웠다. 게다가 10월 말에 집에서 출발한 나는 가을에 입는 얇은 면 티셔츠와 청바지를 걸치고 있었다. 이불도 없는 침대에 누워 밤새 와들와들 떨다가 새벽녘이 되어서야 잠깐 잠이 들었다.

아침 일곱 시도 채 되지 않은 시간에 교도관들이 복도를 지나다니면서 수감자들을 깨웠다. 기상시간이었다. 아침은 뜨거운 물 한 잔, 딱딱한 바게트, 커피와 조그만 봉지에 든 설탕, 프림이 전부였다.

밥을 먹자마자 교도관이 내게 손짓을 했다. 밖으로 나오라는 거였다. 영문도 모르고 따라갔더니 일터였다. 이른 시간이었는데도 모두가 한창 작업을 하고 있었다. 이곳에서는 일을 하고 돈을 벌어야 필요한 물건을 살 수 있었다. 화장지, 생리대, 칫솔, 치약, 비누…. 무엇 하나 공짜가 없다. 모두가 악착같다. 교도소란 곳은 돈까지 없으면 더 처참한 곳이다. 돈이 있는 사람들이야 일할 필요가 없겠지만, 나는 밤에도 일거리를 방으로 가져다가 밤을 꼬박 새가면서 일했다. 오히려 일하는 편이 정신적으로 안정되었다. 돈 한 푼 없는 처지에 있는 나는 일을 하지 않을 도리가 없었다. 일터에 가보니 피부색도 언어도 제각각 다른 여러 인종들이 다 모여 있는 듯했다. 내가 들어서자 일제히 시선이 내게 쏠렸다. 그들도 나랑 똑같은 죄수인데도 고개를 들 수가 없었다.

그때, 누군가가 다가와 말을 걸었다. 아주 조그마한 동양인 여자 아이였다. 하지만 말 한마디 통하지 않았다. 작업방식에 대해 설명을 하는 것 같은데 도무지 알아들을 수가 없었다. 어느 나라 출신인지 처음 듣는 언어를 사용하고 있었다. 교도관은 같은 동양 사람이니, 서로 말이 통할 거라고 생각한 모양이었다. 답답해하며 얼굴을 찡그리는 교도관의 시선을 피해버렸다. 머릿속엔 온통 남편에게 빨리 편지를 써야 하는데, 혜인이를 고모한테 맡겨야 할 텐데… 하는 생각뿐이었다. 프랑스에 일 년 넘게 있었지만 나는 아주 간단한 것 말고는 프랑스어를 하지 못한다. 발음도 너무 어려운데다 워낙 다른 나라 출신이 많아서 죄수들끼리는 영어를 주로 사용하기 때문에 그다지 프랑스어가 필요하지 않다. 그리고 솔직히 얘기하자면 프랑스 말은 별로 배우고 싶지가 않았다. 물론 영어로 소통하는 것 역시도 내겐 쉬운 일이 아니었다. 학교 다닐 때 시험에 나오는 영어단어를 연습장이 까맣게 되도록 외운 게 전부였으니 말이다. 그래도 프랑스어보단 조금은 익숙해서인지 조금씩 조금씩 배워 익숙해져갔다.

작업하는 광경들을 둘러보니, CD를 종이 안에 넣는 일이었다. 그리 어려운 일은 아니었다.

교도소에 와서 처음 한 달간, 내가 쓰는 침대 아래층은 비어 있었다. 아침에 깨우면 일어나고, 밥을 주면 먹고, 일터로 데려가면 일을 했다. 단순노동이라서 아무 생각도 안 해도 되니 편하기도 했다. 일을 하는 동안에는 기계적으로 일만 했다. 저녁이 되면 저녁을 먹었다. 그리고 수면제를 한 알씩 주었다. 처음에는 먹지 않으려고 했지만, 약을 먹는지 안 먹는지 교도관들이 검사를 했기 때문에 무조건 먹어야 했다. 약을 먹으면 처음에는 한동안 하늘에 붕 떠있는 것처럼 기분이 나른해지다가 점차 잠이 몰려왔다.

몸은 늘 고단했지만, 잠이 쉽게 오지는 않았다. 모두가 잠들고 교도소 전체가 조용해지면, 그리운 얼굴들이 하나둘씩 떠올랐다. 아니, 일부러 이런저런 생각을 떠올렸다. 말도 통하지 않는 낯선 곳에 갇혀 있는 현실이 너무 무서워 무슨 생각에든 집중하지 않고는 정신이 이상해질 것만 같았다. 혼자 있으니 공항장애도 심해졌다.

매일매일 떠오르는 얼굴은 혜인이와 남편이었다. 그 둘을 다시 볼 수만 있으면 이대로 죽어도 여한이 없을 것 같았다. 아마 혜인이는 울고 보채면서 엄마를 찾겠지. 갓난아이일 때부터 예민하거나 낯을 가리지 않았기 때문에 누구에게나 사랑을 받겠지만, 그 어느 때보다도 엄마의 보살핌이 필요한 시기였다. 우리 혜인이가 자면서 이불을 차내면, 누가 이불을 덮어주고 있을까, 콧물이 흐르면 누가 닦아주고 있을까, 당근을 싫어하는 혜인이에게 당근을 먹이려면 잘게 썰어서 반찬 안에 넣어줘야 하는데, 아이 옆에 있으면서 엄마가 해줘야만 하는 일들인데… 간신히 한국으로 편지는 보냈지만 언제쯤 남편이 받아볼 수 있을지는 알 수 없었다. 내 소식을 피 말리며 기다리고 있을 내 남편! 답장은 또 언제 답장을 받아볼 수 있을까? 남편한테서 답장라도 받으면 조금은 숨이라도 쉴 것 같은데…. 그런 생각의 끝은 늘 눈물이었다. 옆방으로 울음소리가 새나갈까 봐 입을 틀어막고, 가슴을 움켜쥐면서 울었다.

일을 하다가도 하늘에 비행기가 지나가는 소리가 들리면 고개를 들어서 창밖을 바라보았다. 하늘에는 이따금 비둘기가 날아다녔고, 멀리에서 자동차 경적소리가 들려왔다. 프랑스에서도 한국과 다를 바 없는 일상들이 펼쳐지고 있었다. 아침이면 사람들은 학교로, 직장으로 바쁘게 오갈 것이었고, 점심시간에는 점심을 먹고 커피를 마시며 여유롭게 한담을 나눌 것이었다. 직장인들이 지긋지긋하게 여길 출근길의 만원 지하철이, 사람들로 북적거리는 시내 풍경들이 사무치게 그리웠다.

사람들과 이야기를 나누고 싶었다. 시장에서 호박을, 무를 파는 할머니와 하나만 더 달라고 실랑이도 하고 싶었고, 삼겹살 한 근을 사다가 노릇노릇하게 구워서 상추에 쌈을 싸먹고 싶었다. 말이 통하지 않으니 목소리를 낼 일이 없었다. 입술을 달싹여보았다. 우리말로 이야기를 하고 싶었다. 한글을 읽고 싶었다. 하지만 이곳에 내 말을 알아듣는 한국인은 아무도 없었다. 나는 혼자였다. 이곳에서 나는 없는 사람이었다.

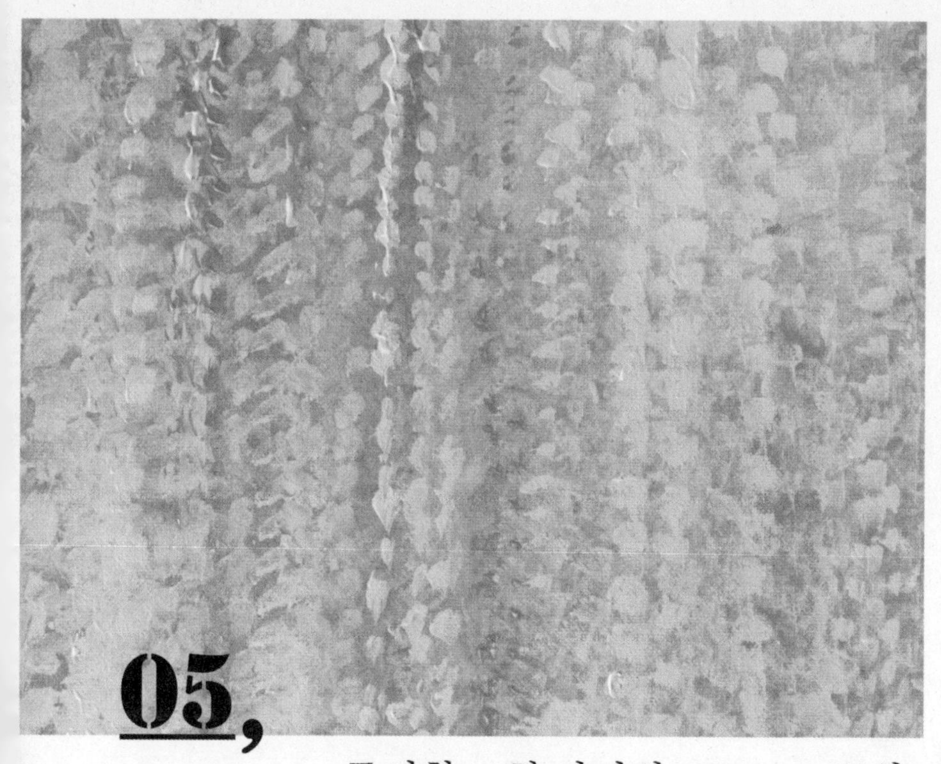

05, 종이학 천 마리의 소원

나에게도 룸메이트가 생겼다.

태국에서 온 타이애였다. 이름은 '랑'이라고 했다. 예쁜 이름이라고 생각했다. 교도소에서 랑은 나를 참 많이 도와주었다. 랑이 있어서 교도관과의 의사소통에도 별 문제가 없었다. 랑은 프랑스에 온 지 벌써 팔 년이나 되어서, 프랑스어도 곧잘 했다. 그애 덕분에 수면제도 더 탈 수 있게 됐고, 아프면 약도 먹을 수 있게 되었다. 그애도 지금쯤은 잘 지내고 있을까? 가끔 보고 싶고 생각이 난다. 랑은 여권 위조 및 무기 소지죄 등 여러 가지 복잡한 죄목으로 남편과 함께 수감되었다고 한다. 처음엔 언어가 달라 의사소통이 힘들었지만 조금씩 서로를 알게 되면서 한결 나아졌다.

처음에 나 혼자 지낼 때는 밤마다 잠도 자지 못하고 울기만 했다. 엄마를 애타게 찾고 있을 우리 딸! 피를 말리며 내 소식을 기다리고 있을 내 남편! 간신히 한국으로 편지는 보냈지만 언제쯤 남편이 받아볼 수 있을지는 알 수 없다. 나는 또 언제 답장을 받을 수 있을까? 답장이라도 받으면 조금은 숨이라도 쉴 것 같은데, 그런 생각으로 늘 멍하니 방에서 눈물짓다가 일터로 가서 미친 듯이 일하고 돌아와 또 울고. 그렇게 지낸 것이 20일 정도 됐을까? 랑이 교도관한테 이야기를 해서 내 방으로 오게 되었다. 정말 구세주 같았다.

랑과 같이 지내면서 조금씩 정신을 차려갔고 기운 내자는 주문을 하루에도 수십 번씩 주고받았다. 우리는 추운 것도 아랑곳하지 않고 밤이면 늘 창문을 열고 밖을 내다보면서 이야기를 나눴다. 우리 혜인이와 남편 이야기, 그리고 내 조국 한국에 대해서 들려주었다.

며칠이 지난 뒤였다. 교도관이 아침 기상시간에 나에게 편지를 한 통 전해주었다. 겉봉투에 대한민국이라고 쓰여 있었다. 눈이 번쩍 뜨였다. 한글이었다. 한 달만에 보는 우리나라 글자였다. 겉봉에 쓰인 '우체국', '대한민국'… 그 익숙한 단어들을 몇 번이고 소리 내어 읽고 중얼거렸다. 남편이 보내온 편지였다. 편지 곳곳에 얼룩이 져서 잉크가 번져 있었다. 눈물자국이었다.

남편은 나를 위해 주한 프랑스 대사관과 검찰청은 물론이고 이곳저곳 안 가본 데가 없다고 했다. 애쓰고 있으니 잘될 거라고 나에게 기운을 내라고 했다. 혜인이는 대전에 있는 누나네 집으로 보냈다고 했다. 그리고 프랑스 날씨가 춥다는 말을 듣고 옷과 속옷을 소포로 부쳤는데 다시 반송됐다면서, 추운데 어떻게 지내고 있냐고 걱정을 했다. 이곳 교도소에서는 면회를 통하지 않고서는 물품을 받을 수 없다는 것을 나도 편지를 받고서야 처음 알게 되었다. 몇 번이고 되풀이해 편지를 읽었다. 눈에 익은 남편의 글씨와 그토록 그리웠던 우리말이었다. 너무너무 반갑고 좋은데 북받쳐 오르는 서러움과 그리움에 털썩 주저앉아 엉엉 울었다. 간신히 감정을 추스르고 일터에 갔다가 돌아와서는 또 수면제 약 효과가 나타날 때까지 품에 넣어두었던 편지를 읽고 또 읽었다.

랑과 나는 부지런히 일을 했다. 일과가 끝난 다음에도 일거리를 가지고 와서 밤을 새가면서 일했다. 돈도 돈이었지만 밤마다 천장을 보면서 울고만 있느니, 몸은 좀 피곤해도 일이라도 하는 게 마음은 편했다. 랑과 있으면 마음이 편안해졌다. 랑과 함께 있을 때면 내가 다시 웃고, 이야기를 나눌 수 있다는 걸 알게 되었다. 한국이 그립고 이곳에서의 생활이 두려운 것은 여전했지만, 그래도 랑과 있으면 웃고 떠들기도 했고, 서툴지만 영어로 이야기도 나눌 수 있었다.

우리는 희망을 갖기 위해서 날짜를 세면서 달력에 가위표를 해 나갔다. 원래 교도소에는 달력이 없지만, 우리가 손수 만들었다. 하루가 끝날 때마다 잠들기 전에 달력에다 가위표를 했다. 날짜가 어떻게 흘러가는지, 오늘이 며칠인지 기억하기 위해서였다. 이렇게 오늘 하루도 무사히 죗값을 치렀으니 자유를 얻어 집으로 돌아갈 날도 그 시간만큼 다가와주기를 기도했다. 때로는 여러 날짜에 한꺼번에 줄을 그을 때도 있다. 그러면 그 다음 날 달력을 또 만들고는 실없이 웃는다. 이곳에 갇혀 있으니 별짓을 다 하게 되는 것 같다. 어떨 땐 여기가 교도소인지, 정신병동인지 헷갈릴 지경이다. 수감자들이 하는 행동들을 보면 정신 수준이 아주 유치할 정도로 낮은 것 같다. 하지만 어떨 땐 정신을 가끔 놓고 있는 것도 편하겠다는 생각도 하게 된다. 그런 생각을 할 때마다 쓴웃음을 지었다. 가위표를 하고 나서 침대에 누우면 버릇처럼 혜인이를 생각했다. 혜인이는 오늘 뭘 했을까. 엄마 생각은 얼마나 했을까, 말은 좀 늘었을까…?

그러는 사이 어느덧 크리스마스가 다가오고 있었다. 여느 때처럼 창문을 열고 바깥을 내다보는데 크리스마스트리 불빛이 반짝거렸다. 파리 중심가에서 제법 떨어진 지역이라 번화가에서처럼 온종일 캐럴송이 울리거나 요란한 축제 분위기인 것은 아니었지만, 조그마한 시골 카페 같은 곳에 세워둔 트리가 건너다보였다. 크리스마스는 크리스마스였다.

남편에게 혜인이의 사진을 부탁하고 기다리는 동안 혜인이의 얼굴을 종이에 그려보았다. 그림에 소질이라고는 약에 쓸래도 없는 내 실력으로는 정성껏 그렸지만 혜인이와 닮은 데가 하나도 없었다. 내 기억 속의 혜인이는 너무나 예쁜데, 눈썹도 눈매도 웃는 입도 정말 사랑스러운데 그 모습을 잘 표현해낼 재간이 없었다. 마음에 들지 않으면 다시 그리고, 이만하면 됐다 싶을 때까지 또 고쳐 그렸다. 그림을 완성하기까지 한참 시간이 걸렸다. 눈도 코도 혜인이하고 하나도 닮지 않은 혜인이 얼굴 그림을 가슴에 품고 한 시도 내려놓지 않았다. 자기 전에 꺼내서 보고, 달력에 가위표를 하면서도 보고, 낮에 일하는 도중에도 틈틈이 꺼내서 보았다.

랑은 내가 그 그림을 꺼내볼 때마다 웃었다. 하지만 내 마음을 이해할 수 있다고 했다. 그렇게 말하며 웃는 랑의 눈에도 눈물이 맺혀 있곤 했다. 그런 랑을 보면 내 가슴도 먹먹해지고…. 서로를 부둥켜안고 얼마나 울었는지 아침이면 눈을 뜰 수가 없었다. 퉁퉁 부은 눈으로 일터에 나가는 날이 헤아릴 수 없을 정도였다. 슬프고 힘든 건 나뿐만이 아니었다. 다른 수감자들 모두 하나같이 춥고 외로웠다.

그러던 어느 날이었다. 비가 아주 많이 내리던 날이었다. 기상시간 직후에 옆방에서 대성통곡을 하면서 울부짖는 소리가 들려왔다. 모두들 애끓는 울음소리에 놀라고 동요하는 기색이었다. 당시에는 방에 있었기 때문에 누가 울고 있는지 몰랐지만, 일터에 가서 알게 되었다. 아프리카에서 온 가린에게 오늘 아침 편지가 왔단다. 겨우 14개월 된 막내아이가 죽었다는 소식이었다. 혼자 몸으로 아이 셋을 키우고 있던 그녀는 돈을 준다는 말에, 어쩔 수 없이 마약을 운반하는 가방을 들었다고 했다. 일터 한구석에 주저앉아서 우는 그녀가 애처로워 눈을 뗄 수가 없었다. 다가가 그녀를 안아주니 그녀의 서러운 울음소리는 더욱 커졌다. 다른 동료들도 하나둘씩 그녀의 곁으로 와서 안아주었다. 뒤코스 교도소는 각자의 방들이 다 차단되어 있기 때문에 누구에게 무슨 일이 있는지, 누가 어디가 아픈지 잘 모른다. 하지만 미결수들이 일하는 작업장은 같기 때문에 일터에서만큼은 서로서로 의지한다. 그날은 모두가 한마음으로 가린을 위로하며 울었다. 비록 피부 색깔이 다르고 말도 안 통하지만 엄마의 마음은 다 같을 것이다.

이따금씩 겨울비가 추적추적 내리곤 했다. 날은 점점 더 추워지고 있었다. 크리스마스가 다가왔지만, 우리에게는 크리스마스의 축복은 없었다.

그리고 시간은 속절없이 흘렀다. 교도소 안에서는 크고 작은 싸움과 말다툼으로 인한 소동이 몇 차례 더 있었지만 랑과 나는 여전히 사이좋게 달력에 가위표를 하면서 하루하루가 조용히 지나가기만을 기다렸다. 그러던 중 누군가 나를 찾아왔다는 소식을 들었다.

12월 8일이었다. 교도관이 나를 찾았다. 면회실로 오라는 것이었다. 그것도 랑이 통역을 해주어서 알아들을 수 있었다. 면회실에 가보니 한국 사람이 내게 인사를 건넸다. 대사관에서 나온 영사라고 본인을 소개했다. 얼마 만에 본 우리나라 사람인지…! 왈칵 눈물이 쏟아졌다.

영사는 "힘들지 않으세요?" 하고 묻고는 나에게 어떻게 해서 이곳에 오게 되었냐며 이것저것 물었다. 나는 있는 그대로 처음부터 쭉 이야기하면서 경찰과 검찰에서 했던 진술을 반복했다. 면회시간 삼십분은 너무나 짧았다. 그래도 너무 고마웠다. 그리고 송구한 마음에 연거푸 죄송하다고 했다. 영사는 사정은 잘 알겠다면서 대사관에서도 알아보고 있는 중이라고 했다.

"마지막으로 남편 분한테 하시고 싶은 말씀이 있으시면 전해드리지요."

영사의 말에 나는 매달리듯 당부했다.

"딴 건 없고요, 그저 편지만이라도 자주 보내달라고 좀 전해주세요."

"알겠습니다. 꼭 말씀 전해드리죠."

그렇게 말하고 영사는 일어났다. 만남은 짧았지만 든든했다. 면회실에서 방으로 돌아오는데 왜 이리 다리가 휘청거리는지…. 영사가 건네준 명함을 소중히 간직하고, 그날은 수면제를 평소 양보다 더 삼키고 나서야 간신히 잠을 잘 수가 있었다. 여태까지 혼자라고 생각했던 마음이 랑과 한 방을 쓰게 되고부터는 둘로, 영사가 찾아온 뒤로는 셋으로, 넷으로 늘어났다. 내일이라도 당장 한국에 돌아갈 수 있을 것만 같았다. 작은 희망이 생기는 것 같았다.

영사가 찾아온 뒤로, 가끔 수사과정에 관련된 서류들이 내 앞으로 도착했다. 어려운 용어들이 많아서 문서의 내용을 다 이해하기는 힘들었지만, 주진철과 같은 낯익은 이름들도 보였다. 뒤늦게야 나는 우리를 가이아나에서 수리남까지 데려가고, 원석이라고 속인 가방을 건네준 이의 이름이 신재균이라는 것을 알았다. 인간의 탈을 쓰고 어떻게 그렇게 머나먼 타국 땅에서까지 같은 한국인을 이용하는 건지…. 생각해보면 수리남에서 만난 이들은 하나같이 자기 이름들을 말하지 않았다. 그것도 미심쩍었는데…. 왜 의심스러운 것들은 이렇게 늦게야 떠오르는 것일까.

교도소에서는 모든 것을 각자 알아서 해결해야 했다. 먹는 것, 입는 것, 빨래까지. 파리는 비가 많이 내리기 때문에 빨래가 가장 곤욕이다. 모든 걸 방안에서 해결해야 하니 작은 세면대에서 빨래를 했는데, 세면대가 너무 작아서 겉옷은 빨 수가 없었다. 그래서 쓰레기통을 깨끗이 닦아 거기다 빨래를 헹군 뒤, 잠들기 전에 방안에 널어놓았다. 방에는 히터가 잘 들어오지 않았다. 옷이 한 벌밖에 없는 나는 아침마다 덜 말라서 눅눅한 옷을 입고 일터로 가야 했다. 옷이 없으니 난감했다. 하지만 누가 직접 면회를 오기 전에는 생필품을 받을 수가 없었다.

교도소 안에서 인심이 후한 것이 딱 하나 있다면 바로 수면제였다. 저녁을 먹기 전에는 한 사람에 한 알씩 반드시 챙겨주었고, 말썽을 피운 수감자들에게는 특별히 독한 것으로, 말썽을 일으키고 독방에 보내지는 수감자에게도 독한 수면제가 주어졌다. 수면제를 복용하다 보면 내성이 생기기 마련이었다. 나 역시 예외는 아니어서, 수면제 복용으로 인한 내성 때문에 오랫동안 고생을 했지만 그런 나를 보는 가족들의 걱정도 이만저만이 아니었다. 처음에는 가장 약한 0.5밀리그램으로 시작한 것이 한국으로 돌아올 때는 20밀리그램짜리를 두 알 먹어야 겨우 잠이 들 정도가 되었다. 규칙적으로 수면제를 삼키는 것은 아주 자연스러운 일상의 한 풍경이 되었다. 저녁 여섯 시만 되면 늘 똑같다. 깊은 한숨을 내쉬고, 손에 쥔 수면제를 입 안에 털어넣는다. 잠시 기다리면 약효가 몸에 퍼지면서 조금은 차분해지고, 심장도 덜 두근거리고 눈물도 덜 나고, 온몸의 긴장이 풀린다.

교도소에서는 주말을 제외하고 매일 아침 수감자들 앞으로 온 편지를 전해주었다. 남편은 내게 편지를 많이 썼다. 군데군데 잉크가 번지고 눈물자국이 보이는 남편의 편지에는 사랑한다는 말이 가득 적혀 있었다. 그 네 글자가 마음을 찌르듯 다가와 박혔다. 예전에는 심지어 아무 걱정 없이 살 때조차 한 번도 남편에게서 들어본 적 없는 말이었다. 남편은 내 앞에서 눈물을 흘리는 일도, 떠들썩하게 웃는 일도 거의 없었다. 첫아이를 임신했다고 하면 다른 집 남편들은 만세를 부른다거나 아내를 업고 춤도 춘다는데, 우리 남편은 혜인이를 가졌다는 것을 처음 알았을 때도 크게 기쁜 내색을 하지 않았다. 세 식구가 단칸방에서 당장 내일 먹을 쌀을 걱정하면서 지낼 때도 힘들다는 말 한 번 한 적 없었다. 곁에 있을 때는 그런 남편에게 늘 서운했었다.

편지에는 대사관 쪽으로 내 옷가지도 몇 벌 보냈다고 쓰여 있었다. 대사관에서 옷을 전달해준다고 했으니 곧 따뜻한 겨울옷을 입을 수 있을 거라고, 추워도 조금만 참고 기다리라고 했다. 정말 다행이었다. 그동안 랑한테 얻어 입은 티셔츠 하나에 그 안에 겹쳐 입은 반팔 티셔츠, 조끼로 견뎌왔으니. 조금은 안도의 한숨을 내쉰다. 빨리 대사관에서 왔으면 하는 기대로 하루를 보낸다. 하루가 한 달 같고 밤이 되면 일 년 같이 느껴졌다. 편지에는 혜인이의 사진도 동봉되어 있었다. 우리 가족이 함께 나들이를 갔을 때, 내가 찍어준 혜인이의 사진이었다. 혜인이의 얼굴을 보는 순간 눈물이 또 흘렀다. 내가 찍어준 사진을 보고 몇 날, 며칠을 울었는지 모른다. 아침마다 퉁퉁 부어오른 얼굴이 당연하다는 듯 일터로 나가 오후 네 시에 일과가 끝나면 밤에 일할 일감을 가지고 방으로 돌아왔다. 랑과 밤늦게까지 일하다가 조그마한 창문을 열고 바깥을 보며 둘이 나란히 앉아 손짓 발짓으로 수다를 떨었다. 그리고 딸아이의 사진을 껴안고 수면제를 삼키고는 잠자리에 드는 날이 반복되었다. 고작 두세 시간을 자는 것이지만 밤은 길게만 느껴졌다.

나 역시 일주일에 두세 번 부지런히 남편에게 편지를 썼다. 종이에 빼곡하게 밀린 잔소리를 다 적었다. 술 많이 마시지 마라, 밥은 꼭꼭 챙겨 먹어라, 운전 조심해서 해라 등등. 그리고 나도 남편을 닮아 언젠가부터 입 밖에 잘 내지 않던 사랑한다는 말을 꼭 편지 말미에 적어 보냈다. 우표 값이 많이 들긴 해도 유일한 행복이었다. 그러니 월급을 타면 가장 먼저 사는 게 우표였다. 국제우편이니 결코 만만한 비용은 아니었지만, 우표가 없으면 한국에 있는 남편과 연락을 주고받을 방법이 없었다. 나뿐 아니라 수감돼 있는 사람들 모두 편지와 우표에 굶주려 있었다.

자기 전, 남편이 보낸 편지와 혜인이의 사진을 옆에 두고 잤다. 우리 세 식구가 나란히 누워 자는 기분을 내려고 편지와 사진에 이불을 덮어주고는 우리 힘내자, 보고 싶다, 아프지 말자고 속삭이다가 잠이 들곤 했다. 다른 사람들이 보면 비웃을까 봐 랑에게도 말하지 않았다. 하지만 그렇게라도 하지 않으면 그리움이 병이 되어 그 생활을 버텨내지 못했을 것이다.

우리가 지내는 3층은 대부분 초범들이나 마약 관련 애들이다. 형량이 긴 아이들은 별로 없는 것 같다. 거의 다 나와 같이 단순 마약 운반책들이다. 2층에는 재판이 끝난 죄수들이 있다. 프랑스는 흉악범, 장기수 등은 다른 교도소 지하에 갇혀 있다. 워낙 싸움도 많고 해서 분리해놓는다고 한다.

간혹 지하에서 싸우는 소리, 통곡 소리에 의사가 와서 억지로 재우는 소란도 일어난다. 교도소 건물구조상 소리가 울리기 때문에 거의 들을 수 있다. 그나마 3층에서는 소란이 별로 없다. 마약 중독자 같은 애들이 없어서 그렇다고 한다. 하지만 가끔은 일터에서 싸움이 벌어지기도 한다. 아무것도 아닌 일로 서로가 민감하게 반응하다 결국 싸움으로까지 이어지면 안쓰럽다. 소란을 피우면 일지에 적혀서 형량이 일 주일에서 삼 주일씩 늘어나거나 독방에 가야 한다. 그런 면에선 말이 통하지 않는 게 이로운 점도 많다. 싸울 일도 없고, 누가 욕을 한다 해도 신경 쓸 것 없기 때문이다.

크리스마스를 앞두고 교도소는 한층 소란해진다. 음악이나 캐럴이 아닌 싸우거나 울부짖는 소리 탓이다. 새벽까지 일하다가 창문을 열고 타이애와 조그마한 카페의 트리를 가만히 바라본다. 그 트리가 그래도 유일한 위안이 되었다. 반짝이는 크리스마스트리는 눈물 때문에 더 화려하게 빛난다. 내 눈에도 랑의 눈에서도 말이다. 피부색도, 종교도, 언어도 모든 것이 다르고 생전 처음 보는 타이애가 이렇게 위안이 될 줄이야. 그애도 나에게 형을 마치고 나갈 때까지 같이 있자고 한다. 우리는 유치하지만 새끼손까락을 걸었다.

날은 점점 추워졌고, 내리던 비는 어느새 눈으로 바뀌어 있었다.

바깥에서는 사람들이 화이트 크리스마스가 되겠다며 좋아하고 있을 것이었다. 크리스마스 당일에는 일이 없다. 외부에서 온 봉사자들이 수감자들을 위해 준비한 작은 선물을 건네주었다. 봉지 안에는 초콜릿과 편지봉투, 우표가 두 장씩 들어 있었다. 정말 반갑고 고마운 선물이다. 집 생각이 더 간절했다. 간단한 기도회에 가서 그 사람들의 알아듣지 못하는 기도를 했다. 경쾌한 캐럴도, 반짝이는 크리스마스트리도 없는 이곳에서 조그마한 선물 꾸러미를 품에 안은 채 저마다 퉁퉁 부운 얼굴로 인사를 나누다가 모두들 울음을 터뜨렸다. 다들 아이가, 가족들이 보고 싶어서겠지. 다 내 마음과 같을 것이다. 하지만 나는 그들을 위로해줄 여력이 없었다. 나도 위로를 받고 싶었다. 욕심이겠지만 말이다.

생각해보면 한국에서 보낸 크리스마스라고 해서 특별한 추억이랄 건 없었다. 특별한 이벤트를 할 형편도 되지 않았다. 다른 집들처럼 저녁에 케이크나 먹으면서 밥을 먹는 게 전부였다. 그래도 캐럴이라도 함께 흥얼거리면서 혜인이를 품에 안고 남편과 마주 보며 웃을 수 있었을 텐데. 괜히 들떠서 셋이 함께 밖으로 나갔다가 춥고 사람도 많고 먹을 것도 없다고 투덜거리며 나란히 우리 집으로 돌아올 수 있었을 텐데. 혜인이가 인형을 사달라고 칭얼거리면, 지갑을 만지작거리다가 선심 쓰듯 옛다, 크리스마스 선물이다 하고 사줄 수 있었을 텐데…. 그 모든 것들이, 내가 누릴 때는 몰랐던 작은 것들이 이토록 소중하고 그리울 거라는 사실을 그때는 왜 몰랐을까? 창밖으로 보이는 크리스마스트리가 눈물에 번져 흐릿하게 보였다. 한국은 지금 한창 추울 텐데 우리 딸은 감기에 걸리지나 않았는지, 무얼 먹고 있는지 눈에 밟힌다. 다행히 고모 집에서 지내고 있으니 천만다행이다. 처음으로 친정의 소중함이랄까, 내 가족의 그리움이 밀려온다.

나는 나를 낳아주신 친어머니의 얼굴을 모른다. 엄마는 나를 낳고 백일도 채 되지 않았을 때 집을 나갔다고 했다. 나를 키운 건 아버지의 본부인, 내가 큰엄마라고 부르던 사람이었다. 남들이 들으면 큰아버지의 부인인 줄 알 테지만….

큰엄마는 이복 형제들 틈에서 유독 날 구박했다. 나만 보면 그렇게 신경을 곤두세우고 사사건건 트집을 잡으셨다. 그래서 철없는 마음에 이놈의 지긋지긋한 집구석 나가버리겠다며 뒤도 안돌아보고 짐을 싸서 나온 뒤로 한 번도 찾아가지 않았다. 명절이 되어서도 인사 한번 가지 않는데…. 여기에 온 뒤론 그토록 원망했던 큰엄마마저도 그립기만 했다. 오래전에 돌아가신 아버지도 그리웠다. 서먹서먹하게 지냈던 이복 언니, 오빠도….

기도회가 끝나고 랑과 나는 창밖으로 반짝거리는 거리의 트리를 물끄러미 바라보다가, 각자 가족에게 편지를 쓰기로 했다. 하지만 몇 글자 적지도 못하고 편지지는 찢어지고 말았다. 너무 많이 운 탓에 편지지가 젖어서 글자가 적히지 않은 탓이었다. 우리는 편지 쓰기를 포기하고 봉사자들이 준 초콜릿을 입에 넣었다. 달콤해야 할 초콜릿이 쓰게만 느껴졌다. 시간이 그렇게 무료하게 지나가고 있었다.

이래가지고는 안 될 것 같았다. 나는 뭐라고 해야겠다는 심정으로, 굴러다니는 종이 한 장을 집어 들고 종이학을 접기 시작했다. 나를 지켜보던 랑이 가까이 다가와 앉았다. 우연인지 랑도 종이학을 접는 법을 알고 있었다. 우리나라처럼 태국에도 종이학을 접는 풍습이 있는 모양이었다. 랑과 눈이 마주쳤다. 얼마나 울었는지 눈이 퉁퉁 붓고 충혈된 우리는, 서로를 보며 싱긋 웃었다. 나는 랑에게 우리나라의 학 접는 방법을 가르쳐 주었고 랑은 나에게 태국식 학 접는 방법을 알려주었다. 종이학으로 소원을 비는 것은 같았지만, 접는 방식은 약간 달랐다. 그때부터 우리는 틈나는 대로 종이학을 접기 시작했다. 빛깔이 예쁜 종이는 없지만 정성스레 쓰다 만 편지지와 신문지, 야간작업을 하다 남은 포장지 종이 등을 가리지 않고 접었다. 하나하나 정성을 다해 천 마리를 접고 나면 소원을 빌기로 했다. 소원이 이뤄질 때까지 계속 학을 접을 것이다. 하나

하나 쌓여가는 종이학을 보면서 우리는 조금 아주 조금씩 희망을 가졌다. 천 마리쯤 접으면 뭔가 달라질 것 같았다. 천 마리를 접는 정성이면 하늘도 소원을 들어줄 것 같았다.

학을 접다 보면 시간 가는 줄을 몰랐다. 가끔 일이 없는 날, 머릿속을 복잡하게 하는 후회와 잡다한 생각들을 떨쳐버리기에는 종이학 접기 만한 것이 없었다. 혼자 있던 한 달 남짓한 동안 나를 가장 힘들게 했던 것도 멍하니 상념에 잠겨 있는 시간이었다. 우리는 조금이라도 우울해질 것 같으면 종이학을 접었다. 방에 쌓여가는 종이학을 보면서, 우리는 빨리 이곳에서 빠져 나가자고 기도하고 또 기도했다.

하루는 랑이 통곡을 하고 울었다. 남편에게서 온 편지를 들고 있었다. 미안하고 사랑한다고…. 처음으로 받은 편지였다. 나는 그래도 랑보다는 자주 편지를 받는다. 같은 교도소에 수감되어 있는 랑의 남편은 편지를 자주 보낼 수가 없었다. 교도소에서 교도소로 전달되는 편지라 수 차례의 엄격한 검열을 거친 다음에야 랑에게 전달될 수 있었다. 랑을 위로하다가 나도 눈물을 참지 못하고 함께 울었다. 그러다가 혜인이의 사진을 꺼내서 또 울고, 그런 나를 보고 랑도 울고… 그러다가 지쳐 까무룩 잠이 들었다. 크리스마스라 바깥 풍경은 축제 분위기겠지만 교도소 안은 다들 슬픈 얼굴들이다. 간혹 교도관들끼리의 웃음소리가 들려올 뿐. 모두가 슬프다. 2004년의 크리스마스가, 내 생애 가장 슬픈 크리스마스는 그렇게 지나갔다.

한국대사관에서는 아무래도 내 존재를 잊고 있는 것 같았다. 남편은 주불 한국 대사관과 계속 연락을 취하고 있다고 했지만, 사건의 진전은 없다고 했다.

나중에 알게 된 사실이었지만, 교도소에는 VIP룸도 있었다. 그곳에는 일본인과 프랑스인이 수감되어 있다고 했다. 그곳은 일반 방보다 두 배는 더 컸다. 일본 대사관에서는 일주일에 한 번씩 면회를 왔고, 필요한 물건이 있으면 부족하지 않게 챙겨주었다고 한다. 그래서 교도소 측에서도 일본인이라고 하면 함부로 대하지 못했다. VIP룸에 있는 수감자들은 고단하게 일을 할 필요도 없었고, 본인들이 쉬고 싶으면 쉬고, 먹고 싶은 것을 먹으면서 지낸다고 누군가 말해주었다.

한국에 있을 때에는 한 번도 우리나라가 좁다거나, 힘이 없거나 답답한 나라라고 생각하지 못했는데, 이곳에서 한국에서 온 한국 사람이라고 하면, '그게 어디에 있는 나라인데?'라고 하며 묻거나 간혹 들어본 적이 있다고 해도 북한과 헷갈리기 일쑤였다. 엄연히 나도 일본 못지않은 선진국에서 왔다고 생각했는데, 이곳 죄수들 사이에서만큼은 초라한 착각이었다.

한 해가 점점 저물어갔다. 남편과 사랑하는 내 딸은 한 살 더 먹을 것이다. 감옥에 갇혀 있는 나 역시도 한 살 더 먹게 된다. 그래서인지 작은 일에도 눈물이 났고 감정이 복받쳐 올랐다.

연말을 앞두고 일이 많아졌다. 랑과 나는 일부러 일을 더 많이 했다. 일과시간이 끝난 후에도, 일할거리를 가져와서 밤늦게까지 일에 매달렸다. 돈을 좀 더 모아놓아야 할 필요도 있었지만 울면서 기나긴 겨울 밤을 지새우는 것보다는 돈이라도 한 푼 더 버는 게 나를 위해서도 좋았다. 그렇게 일을 부지런히 해서 한 달에 100유로 남짓 벌어도 한 달에 한 번 필요한 생리대라든가, 치약이니 비누 등 필요한 것을 사다 보면 저축할 새도 없이 돈이 바닥났다.

그러는 사이, 내가 먹는 수면제의 양은 점점 더 늘어났다. 매일 저녁 나눠주는 수면제로는 통 잠을 들 수가 없었다. 수면제 용량을 좀 더 늘리기 위해 내 대신 랑이 의사에게 편지를 써주었다. 랑이 걱정을 한다. 너무 많이 먹는 것 아니냐고…. 하지만 그것마저 없으면 돌아버릴 지경이다. 그 아이도 나와 다르지 않겠지만.

새해를 사흘 앞두고 남편에게서 또 한 통의 편지가 왔다. 나를 걱정하고 이곳저곳에 사정을 알아보느라 일도 제대로 못하는 모양이었다. 무당을 불러다 굿도 했다고 했다. 넉넉지 않은 형편에 힘을 모아 보탬은 못 될망정 큰 부담을 떠안긴 것 같아 미안했다. 내 걱정 말고 열심히 일하라고, 나는 괜찮다고 편지를 써 보내도 남편의 대답은 한결같았다. 혜인이도 잘 있으니 집 걱정일랑 하지 말고 그저 내 몸만 건강하게 잘 추스르고 있으라고. 당신이 빨리 돌아올 수 있도록 자기가 해볼 수 있는 건 뭐든지 하겠다고. 꾹꾹 눌러 쓴 편지에는 내 안부를 걱정하고 행여나 내가 마음이 나약해지지나 않을까 염려하는 내용으로 가득했다. 그리고 편지의 맨 밑줄에는 이렇게 적혀 있었다.

'사랑해, 내 마지막 여자!'

'사랑'과 '마지막'이라는 글자는 번져서 잘 알아볼 수 없을 지경이었다. 눈이 쓰렸다. 남편의 편지는 또 이렇게 나를 울렸다. 찬물로 세수를 열 번쯤 했다. 다시는 울지 않겠다고 다짐을 했는데, 이 고장 난 눈물샘을 어쩌면 좋을까?

2004년의 마지막 날이었다. 이곳에서의 하루는 늘 똑같았다. 나와 랑은 일과를 끝내고 네 시경 방으로 들어와 옷을 있는 대로 껴입고 담요까지 뒤집어썼다. 우리는 나란히 앉아 띄엄띄엄 이야기를 나눴다. 대화를 이어가다 영어가 막히면 그림과 문자를 그려가면서 이야기를 나누었다. 우리 내년에는 이곳을 꼭 나가서 집에 가자고 했다.

그때였다. 다들 창문을 열어놓고 소리들을 질렀다. 오늘은 그래도 교도관들이 통제를 하지 않는 모양이다. 평소 같으면 막대기로 철창을 두드리며 겁을 주었을 텐데 오늘은 교도관들도 잠잠했다. 노래를 부르는 아이, 고래고래 누군가의 이름을 외치는 아이, 울부짖는 아이, 실성한 사람처럼 그저 계속 웃는 아이…. 온갖 소음들이 선명하게 들려왔다. 안쓰러웠다. 다들 그토록 바깥세상이, 가족이, 자식이 그리운 것을. 모두들 스스로의 잘못이든, 누군가에게 이용을 당했든 죄인이 되어 이곳에 갇힌 채 스스로의 가슴을 할퀴고 있으니 말이다. 그렇다. 나 역시 죄인이다. 무엇보다도 그 조그만 가슴에 상처를 주고 만 못난 엄마가 되고 말았다! 내 딸에게 씻을 수 없는 죄를 짓고 말았다.

밤새 잠이 오질 않는다. 나뿐만이 아니다. 모두들 잠을 이루지 못하는 것 같다. 랑과 나는 창문을 닫고 종이학을 접었다. 조만간 천 마리가 넘을 것 같았다.

2005년 1월 1일 아침이 되었다. 나와 랑이 함께 지내는 한 평 남짓한 작은 방에는 지난밤 우리가 나눈 대화가 그림과 글자로 남아 있었고, 옆에는 종이학이 수북하게 쌓여 있었다. 아까운 종이. 우리는 조금 안타까워하며 쓴웃음을 지었다. 지루하고 긴 사흘간의 새해 연휴가 그렇게 시작되었다. 아무것도 하지 않고 하루 종일 좁은 방 안에 갇혀 있어야 했다. 랑과 나는 띄엄띄엄 이야기를 나누다가 종이학을 접었고, 또 이야기를 나누면서 하루하루를 버텼다. 여기에 있으니 휴일이라면 질색을 하게 되었다. 일도 없고 편지도 받을 수가 없고 모든 것이 정지해버리기 때문이다. 빨리 겨울옷을 좀 받아야 할 텐데, 이곳 파리가 추운 건지 교도소가 추운 건지 밤이면 추위 때문에 항상 웅크리고 자다 보니 늘 다리와 허리가 아프다. 하긴 죄 지은 자로서 감당해야 할 부분이겠지. 모든 것이 풍족하다면 그것은 감옥이 아닐 것이다. 마음속으로 스스로에게 채찍질을 했다.

드디어 연휴가 끝나고 다시 일이 시작되었다. 나와 랑은 평소 한눈 팔지 않고 열심히 일한 덕에 CD 포장을 하는 일에서 기계실로 옮겨졌다. 포장한 CD케이스를 기계에 넣어서 뜨거운 열기로 찍어내는 비닐 포장의 마지막 단계 일이었다. 기계를 만지는 일이다 보니, 두 명이 한 조가 되어서 일을 해야 했다. 대부분 같은 방을 쓰는 룸메이트끼리, 또는 사이가 좋은 사람이 호흡을 맞춰 일했다. 이전에 하던 일보다 보수가 두 배 정도 많았다. 하지만 일은 그보다 몇 배는 더 힘들었다. 귀가 멍멍해질 정도로 시끄러운 기계 소음 속에서 포장을 해야 했고, 커다란 박스를 쌓고, 사람들이 일을 끝내고 나면 마무리 청소까지 해야 했다. 그래도 청소 수당까지 얹어 주었기 때문에 군말 없이 청소를 했다. 그렇게 일하면 200유로 정도 조금 넘게 번다고 했다. 여기선 큰돈이다. 그 돈이면 우표도, 편지지도 걱정 없이 살 수 있다. 아, 그리고 로션도 하나 사야지. 비싸서 살 엄두도 내지 못하고 얻어 쓰던 로션도 하나 사야겠다.

그런 생각을 하면서 부지런히 일을 하고 있는데, 교도관이 불렀다.

드디어 대사관에서 기다리던 면회를 와주었던 것이다. 이번에는 영사가 아니었고 그 밑에서 일한다는 젊은 여직원이었다. 처음에는 그녀의 화려한 옷차림 때문에 깜짝 놀랐다. 한눈에 보기에도 굉장한 멋쟁이였다. 로렉스 시계에 가방이며 옷도 전부 명품이었다. 다행히 생각보다는 상냥한 태도여서 마음을 놓았다. 크게 반길 만한 소식을 갖고 오진 못했지만 남편이 부쳐준 옷을 전해주었다. 하지만 남편이 함께 보낸 로션, 칫솔, 비누 등은 받을 수 없었다. 교도소 내에서 살 수 있는 물건이기 때문에 들어올 수 없다는 것이었다. 그래도 옷이랑 책이 어디인가! 남편이 보내준 소포 덕분에 갑자기 부자가 된 것 같았다. 프랑스어 사전, 소설책 한 권, 그리고 집에서 입던 내 옷!

대사관 직원이 돌아가고 난 뒤 다시 일터로 가서 일을 하고 점심시간에 방으로 가보니 물품이 와 있었다. 얼마나 반갑던지. 남편은 꼼꼼하게 옷을 종류별로 챙겨서 넣어주었다. 트레이닝복, 티셔츠, 내복이 들어 있었다. 내복을 입고 자면 그다지 춥지 않겠지. 한국에 있을 때는 내복을 입지 않았는데, 보기만 해도 마음이 훈훈해졌다.

남편이 사 보낸 속옷을 보곤 혼자 웃음 지었다. 예쁜 것은 못 골랐지만 그런 걸 따질 형편이 아니었다. 여태 속옷 두 장으로 버티느라 여유가 없어서 매일 빨아야 했는데 히터가 안 들어와 그마저도 마르지 않을 땐 사흘 동안이나 못 갈아입은 적도 허다했다. 속옷도 이젠 여유가 생겼으니 자주 갈아입을 수 있게 됐다. 얼마나 다행인지. 남편은 한 번도 속옷이나 옷을 사본 적이 없었다. 그런 것을 사는 것은 늘 내 담당이었으니까. 여성속옷 코너를 기웃거리면서 이것저것 골라 계산했을 남편을 생각을 하니 마음이 뭉클했다. 따뜻한 내복만큼이나 마음이 푸근한 사람이었다. 프랑스어 사전과 소설책 겉 표지에는 남편이 써놓은 글씨가 보였다.

힘내, 자기야. 나와 우리 혜인이를 위해서. 사랑해

글씨에 눈물이 떨어졌다. 검은 잉크가 번졌다. 황급히 옷소매로 닦아보았지만 이미 번진 글씨는 어쩔 수가 없다. 얼른 책을 덮고는 머리맡에 놓아두었다. 그날부터 책을 껴안고 잠을 잤다.

1월 한 달은 그렇게 흘렀다. 낮에는 열심히 일을 했고, 일과가 끝나면 랑과 함께 도란도란 이야기를 나누거나 종이학을 접었다. 그리고 밤이 되면 수면제를 먹고 잠이 들었다. 하루가 일 년 같고 한 달이 십 년 같지만 그래도 시간은 흘러갔다. 파리 교도소로 잡혀 들어온 지 삼 개월이 되어가고 있었다. 너무나 긴 시간이었다. 그나마 남편의 편지가 꾸준히 오고 있었고, 나를 되찾기 위해 뭐든지 하고 있다는 말에 꿋꿋이 견디며 지내고 있었다.

1월 30일이 됐다. 그날은 일이 없었다. 가끔 일감이 떨어져 하루 종일 방 안에만 있는 경우도 적지 않다. 일감이 많을 땐, 밤을 새워 일하는데 일이 없는 날은 더 우울하고 조용하다. 방안에서 바스락거리는 종이 접는 소리가 크게 들릴 정도의 적막이다. 여기에 온 지 석 달이 지나가고 있었다. 갑자기 교도관이 나를 부르더니 짐을 싸라고 했다. 랑이 와락 울음을 터트렸다. 나도 모르게 교도관을 바라보며 "네?" 하고 되물었다. 교도관은 방금 했던 말을 반복했다. 짐을 싸라는 것이었다. 너무나 갑작스러운 소식에 어찌할 바를 몰랐다. 어디로 가는지, 왜 가야 하는지 또 정신이 아득해진다. 간신히 견뎌내고 있는데 이제 와서 또 어디로? 왜? 남편의 편지가 곧 올 텐데….

랑은 아예 주저앉아서 엉엉 울고 있었다. 그나마 정도 들었고 서로를 의지했고 서로를 토닥거려줬는데…. 밤새 같이 일하고 열심히 종이학도 접었는데. 벌써 천 마리 이상이나 접었는데. 이 세상은 신이 없었다. 그렇지 않고서야 이게 무슨 일이란 말인가. 어디로 가야 하는 건지만 알아도 속이 후련할 것 같았다. 머릿속이 온통 까맣고 어지러웠다.

두근두근 거리는 가슴을 쓸어내리면서 교도관이 주는 박스 안에 짐을 꾸렸다. 많지도 않은 짐이지만 주섬주섬 쌌다. 짐을 다 챙기고 앉아 있으니 그때서야 밀려오는 서러움에 눈물만 나왔다. 랑에게 내가 어디로 가게 되는 건지 아느냐고 물었지만, 랑은 눈물 젖은 얼굴로 고개만 저을 뿐이었다.

랑과도 이것이 마지막인가. 처음 종이학을 접는 걸 보고 놀라던 랑의 눈빛, 혜인이의 사진이 도착했을 때 함께 들여다보면서 "프리티, 프리티" 하고 웃어주던 모습, 크리스마스에 멍하니 창밖을 내다보던 모습, 남편의 편지를 보고 한없이 몸을 떨며 울던 모습…. 이곳에서 서로를 의지하며 함께했던 시간이 하나하나 스쳐갔다.

랑과 눈물로 무언의 이별 인사를 하고 감방 문을 나섰다. 앞으로 한 걸음 두 걸음 내딛을수록 이곳에서 유일하게 마음을 나누었던 랑이 흐느끼는 소리가 점점 아득해져갔다. 밖으로 나가자 교도관은 나에게 차에 타라고 했다. 어디로 가는지, 왜 옮겨 가는지조차 알려주려 하지 않았다. 나는 시키는 대로 따를 뿐 영문도 몰랐다. 나중에 알게 된 사실이지만, 이런 경우 교도소 측에서는 해당 대사관에 먼저 연락을 해야 한다. 하지만 교도소에서는 한국대사관에 아무런 연락도 취하지 않았다. 작은 나라에서 왔다고 홀대하는 것인지 지금 생각해도 답답한 일이다.

차를 타고 내린 곳은 공항이었다. 왜 비행기를 타야 하는 건지 알 수 없었다. 한국으로 가는 건 아닐 테고, 아무 멀리 간다는 것만 직감할 수 있었다. 교도관이 채워주는 수갑을 차고 대기실에 가 있었다. 비행기 한 대가 멈춰 섰고, 승객들이 하나둘씩 탑승을 시작했다. 사람들이 모두 탑승한 뒤 마지막으로 비행기에 올랐다. 누구를 위해서 이렇게 마지막에 탑승하는 걸까? 짧은 생각이 스쳤다. 여자경찰과 남자경찰이 한 사람씩 내 양쪽 팔을 잡고 함께 비행기에 탔다. 그들은 아무 말도 하지 않았고 나에게 눈길 한 번 주지 않았다. 지금 어디로 가는 거냐고, 영어로 물었다. 남자경찰은 짧은 한 마디만을 내뱉었다.

"닥쳐."

그 말에 그만 입이 얼어버렸다. 내가 아무리 죄인이라지만 어이가 없었다. 무서워서 울 수도 없었다. 비행기 안에서 정말 한마디도 하지 않았다. 경찰들은 시종일관 무표정했고, 나와 눈이라도 마주치면 기분 나쁜 듯 얼굴을 찡그렸다. 시간은 느릿느릿 흘러갔다. 나한테만 느리게 흘러가는 것처럼 느껴진 건지, 정말 시간이 오래 걸리는 건지 가늠할 수가 없었다. 비행기는 천천히 그리고 빠르게 하늘을 날았다. 창밖으로 맑은 하늘과 흰 구름이 펼쳐진 광경이 눈에 들어왔다. 하지만 예쁘다는 생각은 전혀 들지 않았다. 어디로 가는지만 알아도 좋으련만….

날이 더워진 건지, 비행기 안에 오래 있어서 그런지, 점점 더워졌다. 급기야는 땀이 비 오듯 흘렀다. 수갑을 찬 채 연신 땀을 닦았다. 한참 뒤에야 비행기가 낯선 공항에 착륙했다. 얼마나 시간이 흘렀는지도 몰랐다. 경찰들에게 몇 시냐고 물어볼 수도 없었다. 비행기가 멈춰 선 뒤에도 한참 동안 꼼짝 않고 있었다. 다른 승객들이 다 내릴 때까지 나는 가만히 있어야 했다. 어깨가 움츠러들었다. 아니, 공항에서 검거된 그 순간부터 어깨를 펴고 다닌 적이 한 순간도 없었다. 이 낯선 땅에서 나는 죄인일 뿐이었다. 그들은 죄인이 아닌 나의 모습을 몰랐다. 죄를 저지른 나를 이곳에선 누구도 사람 취급을 하지 않았다. 죄를 지었으면 그 값을 치르는 게 당연하다고 생각했지만 막상 내가 그 입장이 되고 보니, 얼마나 고통스러운 일인지 알게 되었다.

추운 파리에서 반나절을 날아 내리니 후끈후끈했다. 도착한 곳은 열대지방이었다. 사람들은 모두 가벼운 반팔을 입고, 반바지 차림으로 거리를 돌아다니고 있었다. 겨울옷을 입고 있는 나는 계속 땀이 흘렀다. 옷은 이미 땀에 젖어 축축했다. 이송차를 타고 도착한 곳은 또 다른 교도소였다. 파리의 교도소보다 더 음침하고 불결했다. 나를 맞이한 교도관들은 모두 흑인이었다. 도착하고 나니 어느덧 밤이었다.

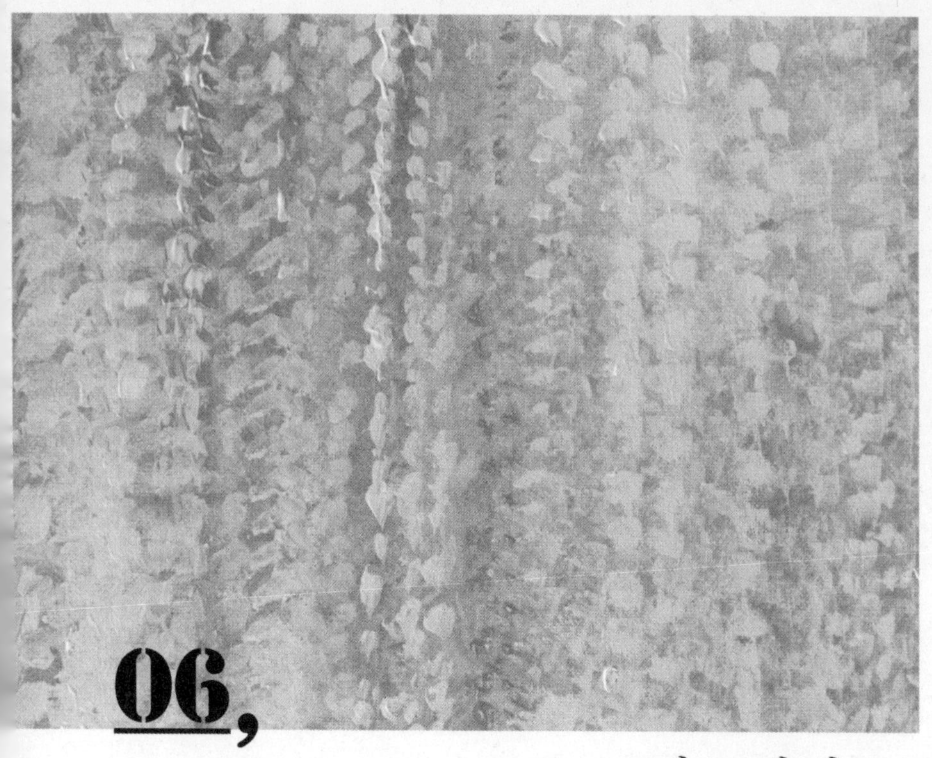

06, 마르티니크

교도관들은 일단 나를 독방에 들여보냈다. 반대편 감방의 죄수들이 철창 틈으로 나를 유심히 쳐다보며 소리를 지르기 시작했다. 나는 겁에 질려 숨을 들이켰다. 여긴 파리와 달리 백인도 거의 없다. 나는 처음 잡혔을 때와 마찬가지로 그저 어리둥절하고 멍하다. 그날 밤, 창문 앞에 무릎 꿇고 빌었다. 살려달라고, 살게 해달라고. 이 세상에 신이 있다면 그만 멈춰달라고 입술을 깨물며 울었다. 그때 한 교도관이 내게 말을 건넸다. 지금 생각해도 그 교도관에게는 고마운 마음이다.

"울지 마, 여기도 프랑스야. 넌 아마 재판 때문에 여기 온 걸 거야. 나도 잘 모르지만."

그러고는 티셔츠를 한 장 건네주었다. 얇은 반팔셔츠였다.

"더울 테니까 이걸로 갈아입어."

고마웠다. 한국에 있을 때도 누군가가 친절과 호의를 베풀면 고마워했지만, 여기에서는 사소하게 신경만 써주어도 눈물부터 흘렀다. 누군가 말 한마디만 걸어도 내가 가진 모든 것을 다 줄 수 있을 것처럼 고맙고 황송하고, 감사했다.

여기는 마르티니크라는 곳이었다. 카리브해에 면한 이곳은 1635년 프랑스의 식민지가 되었다고 했다. 대부분의 주민들은 서부 아프리카에서 노예로 끌려온 흑인들이었다. 파리에서 수감생활을 하는 것도 기가 막힌데 한 번도 들어본 적 없는 이곳에 내가 와 있는 이유를 알 수가 없었다. 알고 보니 나와 연관된 사건이 가이아나에서 일어난 일이고, 가이아나에서 일어난 일은 마르티니크에서 재판을 한다고 했다. 그래서 나는 마르티니크에 위치한 뒤코스 교도소로 이송된 것이었다.

낯선 분위기에 또 다시 적응하기는 힘들었다. 이미 지칠 대로 지쳐서 새로운 환경에 적응할 힘도 남아 있지 않았다. 파리 교도관들은 굉장히 엄하고 꼭 필요한 말이 아니면 조용했다. 일하러 가기 전에 "줄지어 가", "일 그만", "샤워 시간" 정도가 고작이었다. 그러나 마르티니크의 교도관들은 파리의 교도관들에 비해 말도 많았고, 시키는 것도 많았다. 그것도 짜증이 났다. 지금 무슨 말이 귀에 들어오겠는가? 어차피 그들 대부분 프랑스어로 말했기 때문에 알아듣기 힘들었다. 교도관들은 무슨 말인지 몰라 멍하니 있는 날 손가락질하며 알아듣지도 못한다고 짜증을 내곤 했다. 정신없이 이삼 일을 보낸 뒤 정신없이 편지부터 썼다. 대사관에 두 통, 남편에게는 여러 통을 한꺼번에 썼다. 다행히 파리에서 쓰고 남은 우표와 모아둔 월급이 조금 남아 있었다.

마르티니크로 이송된 뒤 가장 먼저 교도관에게 물어본 것이 여기에는 일이 있냐는 것이었다. 이곳에는 일이 없었다.

파리에서처럼 일을 하고 월급을 받아서 생활하는 방식이 아니었다. 필요한 모든 것들을 돈을 주고 사야 한다는 것은 다름없었지만, 바깥에서 보내주는 영치금으로 백 퍼센트 의존해야 했다. 한국에서 혜인이까지 떼어놓고 밤낮을 나 때문에 뛰어다니며 고생하는 남편이 이제는 생활비까지 부쳐줘야 하는 상황이 되고 말았다.

이 작은 교도소 사회에서도 돈이 있는 사람이 절대 권력이었다. 물론 여기에도 바깥에서 돈을 넣어줄 만한 사람이 없어서 어려움을 겪고 있는 수감자들이 많았다. 교도관은 그런 수감자를 얄궂게도 돈이 있는 애들과 방을 배정해주었다. 비굴하고 비참한 일이다. 가진 돈이 없는 수감자들은 돈 있는 수감자에게 온갖 아부를 떨고 시키는 것은 뭐든지 다했다. 속옷 빨래도 서슴지 않았다. 먹을 것과 생필품을 얻기 위해서는 선택의 여지가 없었다.

파리와는 달리 이곳에서는 초범과 흉악범이 명확하게 구별되지 않고, 규모도 작아서 방이 열한 개 정도라 섞여 있는 경우가 많다. 교도관들은 마약범들을 대개 초범들이랑 같이 방을 쓰게 하지만 워낙 조그만 곳이다 보니 비밀이 없다. 그래서 다들 누가 왜 잡혀왔고, 오늘 누가 재판을 받는 날인지, 형은 얼마나 받았는지, 편지는 누가 많이 받는지를 다 알고 있었다.

규모가 작은 탓에 교도관들의 감시는 한결 덜했다. 교도관들의 숫자가 모자란 탓도 있었다. 그 대신 수감자들이 조금이라도 소동을 일으키거나 지시에 고분고분 따르지 않으면, 어김없이 교도관들의 일지에 이름이 올라갔다. 교도관들의 일지는 재판 때 많은 영향을 미쳤다. 말을 많이 하고 불만을 표할수록 손해를 보는 것은 수감자들뿐이었다. 차라리 나처럼 말이 안 통하는 사람들은 말썽에 휘말릴 일도 없고 편했다. 간혹 재판이 끝난 아이들이 나에게 시비를 걸어와도, 어차피 무슨 말인지 모르니 신경 쓰지 않았다.

간혹 철창 안으로 들어오는 쥐는 어른 팔뚝만해서 나를 경악케 했다. 수감자들 중에서 더러 그 쥐를 잡아서 껴안고 자는 사람도 있다던데, 하긴 나도 파리에 있을 때 혜인이 사진에다 이불을 덮어주기도 했었지만. 파리에서 하는 이상한 의식이나 행동은 정말 아무것도 아니었다. 그도 그럴 것이 일도 없고, 하루 종일 방안에만 있다가 하루에 두 번 주는 운동시간이 고작 한 시간이다. 바깥에 나가면 그늘도 없고 벤치 두 개가 달랑 있을 뿐이다. 정말 덥다. 이번엔 여름옷이 없어서 그나마 남편이 보내준 내복이며 추리닝이며 가지고 있는 겨울옷을 다 잘랐다. 제정신으로는 도저히 생활할 수 없는 곳이었다.

이곳에서의 식사는 파리보다도 형편없었다. 아침은 커피 같지도 않은 커피, 점심은 소스 없는 파스타와 딱딱한 바게트, 그리고 피클 같은 게 전부였고 저녁은 요구르트와 비스킷 하나가 고작이었다.

두려움과 절망감에 울다 지쳐서 새벽녘에 간신히 잠이 들면, 이번에는 극성맞은 모기가 잠을 깨웠다. 그도 아니면 온몸이 땀에 흠뻑 젖어서 깨곤 했다. 더위 때문에 숨이 턱턱 막혔다.

정신없이 멍한 상태로 이 주쯤 지났을까? 대사관에서 편지가 왔다. 내가 강제이송된 것에 대해서 법정에 공식 항의를 했고, 남편에게도 소식을 알렸다고 했다. 이곳에서 사용할 돈은 남편이 대사관으로 부쳐주면, 받아서 다시 교도소로 부치겠다고 했다. 나는 마약범의 혐의를 받고 있어서 돈의 경로를 하나하나 파악해야 한다고 했다.

대사관 편지를 받고 조금은 안심이 됐다. 내가 죽어도 알릴 수 있는 곳이 있다. 그런 생각 말아야지 말아야지 하면서도 나도 모르게 약해져만 갔다.

내 몸과 마음은 점점 지쳐갔다. 랑과 함께 있을 때 늘 서로를 위로하고 격려하기 위해 내뱉었던 '희망'이라는 단어는 내 마음속에서 조금씩 빛이 바래져갔다. 희망이라는 단어는 이곳에선 생소하기만 했다. 아니, 생각도 나지 않고 희망이란 단어의 의미조차 가물가물해졌다.

마르티니크 교도소에서는 정신과 의사와의 면담이 필수로 지정되어 있었다. 내 담당 의사는 백인으로 아주 인자한 얼굴이었다. 영어에도 능숙해서 나는 띄엄띄엄 아는 영어단어와 손짓 발짓을 섞어가면서 어렵사리 대화를 나누었다. 창피한 마음에 그림은 그릴 수 없었다.

그런데 이상하게도 두 번째 만났을 때는 나도 모르게 마음이 좀 놓였나보다. 평소에 내가 생각하던 것을 입 밖에 내고 말았다.

"뾰족한 것만 보면 살을 찌르고 싶고, 늘어진 끈만 보면 목을 매달고 싶어요."

겨우겨우 표현한 내 진심이었다. 들어주는 사람에게 이야기를 하고 났더니 마음이 훨씬 편안해졌다. 그래서 더 많은 이야기를 했다. 의사는 묵묵히 내 말을 듣고 나서 즉시 교도관을 불렀다.

바로 조치가 취해졌다. 나에게는 강제적으로 룸메이트가 생겼고, 우울증 약과 수면제의 양이 늘었다. 마르티니크에 와서 처음으로 내 마음을 솔직하게 이야기한 대가로 나는 요주의 수감자가 되었다. 같은 방을 쓰게 된 흑인 아이는 이웃 섬 출신인데, 스무 살이 갓 넘었다고 했다. 약간 철은 없지만 이 아이도 알고 보면 안쓰러웠다. 한창 먹을 나인데 밤마다 배고픔을 못 견디고 울다가 온갖 성질을 부리곤 했다.

영어를 쓰는 나라의 아이라 다행히 조금은 대화가 통한다. 랑이 생각났다. 랑과 함께 지낸 덕분에 짧은 영어나마 이렇게라도 소통을 할 수 있게 되었다. 랑도 하루빨리 판결을 잘 받아서 집에 가야 할 텐데. 날마다 창밖의 초라한 트리를 보면서 종이학을 열심히 접고 소원 빌어서 빨리 나가자고 했는데. 나가는 날까지 서로를 의지하면서 같이 있자고 했는데…. 그런 생각에 종이만 보면 학을 접기 시작했다. 이곳 아이들은 모두 신기해했다. 랑이 가르쳐준 태국식으로 접기도 하고 우리나라 방식으로 접기도 했다. 한없이 무기력하고 지루한 시간을 때우는 데 종이학 접기만 한 게 없었다. 수감자들은 종이학 접는 것을 처음 보는지 내 옆에 쪼그리고 앉아 학 접는 것을 유심히 구경했다. 학을 완성시켜서 날개를 펴고 손바닥 위에 올려놓으면 모두들 와우, 하며 탄성을 내질렀다. 교도관들도 마찬가지였다. 운동시간에 밖에 나간 아이들이 내 방 창문 쇠창살에 매달려 학 접는 걸 구경하고, 하나만 달라고 했다. 내가 후닥닥 접어서 하나를 건네주면, 이리저리 들여다보며 어린애같이 좋아했다. 그들 모두 정과 먹을 것에 굶주려 있었다.

그들이 달라고 조르는 것은 신문지로 접은 학뿐만이 아니었다. 배고픔을 견디지 못하고 파리에서 모아두었던 아까운 돈으로 비스킷이나 콜라를 사먹을라치면, 하나만 달라고 어찌나 성화인지 한 번도 배가 부르게 먹어본 적이 없었다. 달라는 족족 다 나눠주다 보면 남편이 보내주기 전에 돈이 떨어질 것이다. 사먹는 것도 절제해야 한다. 돈이 없으면 아무도 곁에 있으려고 하지 않았다.

딱히 할 일이 없이 온종일 갇혀 있다 보니 수감자들 간에 종종 시비가 붙고 싸움도 잦았다. 죄수끼리 식사 배급 때 싸우다가 주먹질을 하거나 탁자에 부딪쳐 이마가 찢어지는 일이 다반사였다. 이제는 구급차 사이렌 소리가 나도 더 이상 놀라지 않았다. 날씨 탓도 있었다. 평균 기온이 영상 40도에서 50도를 왔다 갔다 했다. 한국에서 그렇게 덥다는 한여름 더위와 비교해도 열 배는 더웠고, 열 배는 습했다. 지옥이 따로 없었다.

남편에게서 기다리는 편지는 오지 않고, 대사관에서도 처음 보내온 편지 말고는 이후 아무런 소식도 없었다. 대사관에서 남편에게 소식을 전했다니 그나마 안심이었지만, 이제 파리보다 더 먼 곳으로 옮겼으니 편지가 도착하려면 시간이 더 걸릴 것이다. 한국에서의 소식이 점점 더 궁금해졌다. 이대로 지구 반대편에 떨어진 채 잊혀지는 건 아닐까 하는 생각도 했다. 의욕이 없으니 느는 것은 수면제뿐이었다. 점점 잠들기가 힘들어졌다.

오후 네 시에서 네 시 반 사이에 저녁으로 주는 비스킷 하나와 요쿠르트를 먹고 나면 어떨 땐 배고픔에 잠도 오질 않는다. 마르티니크에 이송되어 온 뒤로는 단 한 번도 포만감을 느껴본 적이 없다. 배고픔과 서러움에 한참 베개를 적시고 나면 초저녁에 먹은 수면제도 약 효과가 거의 없다. 늦은 밤, 옆방 아이를 불러 수면제를 빌렸다. 빌린다기보다는 나중에 비스킷을 사주는 조건이다. 이곳에서는 수면제가 정말 흔하다. 한 사람도 빠짐없이 먹는다. 어떤 수감자는 수면제를 모아두기도 한다. 옆방끼리는 창으로 팔만 뻗으면 뭐든 교환할 수 있다. 수면제도, 생필품도….

빌린 수면제를 삼킨 다음에는 침대에 누워 숫자를 세거나 딸아이의 사진을 껴안고 잠을 청했다. 새벽에 간신히 잠을 청하더라도 일찌감치 눈이 떠진다. 그때마다 밀려오는 좌절감에 남몰래 울고 만다. 여기 와선 될 수 있는 대로 다른 수감자들 앞에선 울지 않으려 애쓰고 있다. 강자만이 살아남는 이런 곳에서 나의 약한 모습을 보이기가 싫었다. 어느 덧 나도 모르게 이곳에 적응을 하고 있는 것일까?

하루에 한 시간씩 교도관실 옆에 있는 공부방에서 프랑스어 수업이 있었다. 다른 나라 출신 수감자들은 프랑스어를 배우는 게 필수였다. 말이 수업이지 한마디도 알아듣질 못하니 그도 깜깜하다. 내 프랑스어 실력은 늘 제자리였다. 선생님은 나이가 지긋한 여자 분이었다. 마음씨 좋은 부잣집 사모님의 인상이었다. 영어를 약간 하실 줄 알기에 짤막한 인사와 대화를 나눴더니 이후에는 나에게 꾸준한 관심을 주셨다. 하지만 그것도 별 위로가 안 되었다. 나한테는 배우겠다는 의지도 없었다. 다만 답답한 감방에 있는 것보다는 잠시나마 벗어나고 싶어서 꼬박꼬박 수업에 참석했을 뿐이었다. 다른 장소에서 다른 공기를 마시는 것만으로도 기분은 한결 나아졌다.

오전에 수업을 듣고 방으로 돌아와 운동장을 내다보면, 그늘 하나 없는 운동장에 수감자들이 앉아 있었다. 멀리서 그 광경을 보고 있으면 옹기종기 모여 앉아 서로의 이를 잡아주는 원숭이 떼 같았다. 날이 더운 데다 늘 허기가 지는 탓에 별 움직임도 없이 손짓만 까딱거리며 이야기를 나누고 있는 아이들의 모습을 보니 우스우면서도 안쓰럽다. 그 모습을 물끄러미 바라보다가 나는 다시 종이학을 열심히 접었다. 아이들이 어느덧 하나둘씩 와 들여다보면서 신기해한다. 저마다의 손에 종이학을 하나씩 쥐어주었더니 "영", "영" 하면서 좋아한다. 하나같이 파리 아이들보다 훨씬 더 굶주려 있고 정에 약한 아이들이다.

배고파서 돈을 벌어보겠다고 범죄를 저질러 이곳까지 들어왔는데 여기서도 여전히 돈 때문에 배고픔을 참아야 하고, 똑같은 죄인의 처지에도 때론 비굴해지고 나약해지는 모습들. 쓴웃음이 나왔다.

내 룸메이트도 타국에서 온 데다 가족들과도 거의 연락이 안 되는 탓에 가진 돈이 없다. 이따금씩 대사관에서 조금씩 도와주는 것이 고작이다. 몸무게가 무려 100킬로그램이나 나가는 아이였으니 교도소에서 주는 음식이 얼마나 모자라겠는가! 배고픔에 잠도 못 자고 뒤척이는 그 애가 안타까워 아주 가끔 숨겨놓은 비스킷을 주었다. 어린아이마냥 허겁지겁 먹는다. 그 모습이 너무 불쌍하다. 먹으면서도 서러움에 울어버리는 그 아이가 또 날 울리고 만다. 돈은 계속해서 떨어져 간다. 파리에서 어떻게 일해 모은 돈인데…. 여기서 한 달 조금 쓰니 없어지고 만다. 초조하고 마음이 더 급해진다. 생필품도 사야 하는데 꿈도 꿀 수 없다. 그때부터 이상하게 나는 차라리 죽어버리자, 그냥 될 대로 되라 하는 심정이 들기 시작했다. 나도 모르게 방법을 찾기 시작했다. 그 방법을 연구하는 데 꼬박 며칠을 보냈다. 수면제 먹는 게 가장 쉬운 방법이었다. 콜라와 비스킷 하나면 수십 알을 얻을 수가 있다. 지금 생각하면 정말 바보 같은 짓이고 그게 내 남편을 얼마나 힘들게 했던 일인지….

자살할 방법을 이리저리 연구하는 중에 드디어 남편에게서 편지가 왔다. 파리 교도소로 보냈던 편지까지 여러 통이 한꺼번에 왔다. 그동안 남편은 연락이 끊긴 나를 수소문하느라 백방으로 뛰어다닌 모양이었다. 파리에 있는 한국대사관도 내가 이곳에 이송된 지 한참 뒤에 알았는데 남편이라고 무슨 수로 알 수 있었을까.

남편은 적지 않게 놀랐고 또 다시 원점으로 돌아가자니 무엇부터 해야 할지 막막하다고 했다. 식구들에게 돈을 빌려서 변호사를 알아볼 생각이었다면서…. 대사관에서 말하길 변호사를 선임하려면 천오백만 원 정도가 필요하다는데, 식구들한테까지 도움을 받아 모은 돈은 고작 삼백오십만 원이었다고 한다. 남편은 어떻게든 돈을 마련해야 한다는 생각에 장기를 팔 생각까지 했다고 한다. 안타까워하는 남편의 편지가 오늘따라 구구절절이다. 그래도 남편은 내게 포기해선 안 된다고, 제발 딴마음 먹지 말고 이겨내고 있으라고 했다. 정 하다 하다 안 되면 자신이 여기 와서 막노동이라도 하면서 날 면회하고 옥바라지를 하겠다고 했다. 그 편지가 내 가슴을 더 무너뜨려버렸다.

아무것도 모르는 딸아이는 요즘 부쩍 말을 배우면서 엄마를 찾고 있다고 한다. 날마다 엄마 언제 오느냐며 찾고, 밤만 되면 칭얼댄다고 했다. 눈물이 앞을 가려 편지를 계속 읽어 내려갈 수가 없었다. 누가 내 가슴에 큰 망치와 대못으로 쾅쾅 박는 것 같다. 그것도 아주 깊숙이, 숨을 쉴 여유도 안 주고서 말이다. 차라리 미쳐버렸으면 좋겠다고 생각했다. 아니, 그냥 이대로 죽어버릴까? 죽어서 영혼이나마 내 남편과 딸아이한테 돌아갈까? 영혼이 되면 비행기도 필요 없을 텐데. 저 높고 위협적인 교도소의 담벼락도 가볍게 뛰어넘을 수 있을 텐데. 파리에 있을 때의 좌절감과는 비교가 되질 않는다. 그 어떤 형벌보다 사랑하는 내 아이를 보지 못하는 것이 고통스러웠다. 인간 이하의 마르티니크 옥살이에서도 가장 힘든 것은 우리 혜인이를 보지 못한다는 것이었다.

남편의 편지가 도착하고 이틀 뒤에 대사관에서 남편이 송금한 돈을 보내왔다. 그 돈을 받았지만 조금도 반갑지 않다. 돈 몇 푼 벌겠다고 머나먼 프랑스까지 왔다가 도리어 발이 묶여 혼자 남은 남편에게 생활비까지 받는 처지가 기가 막힐 뿐이었다.

아무리 이것저것 생각해도 꿈만 같고, 날 속인 아니, 우릴 속인 주진철에 대한 미움과 증오로 치가 떨렸다. 결코 용서하지 않을 것이다. 우리 혜인이에게 준 상처, 그 몇 만 배로 돌려줄 거라고 이를 악문다.

하지만 그러다가 내가 먼저 지쳐버리기가 일쑤다. 아침에 일어날 때마다 숨 막히는 감방 안에서 또 어제와 같은 하루가 시작된다고 생각하면 가슴이 덜컹 내려앉는다. 대체 언제까지? 좌절감에도 한계가 온 것 같다. 죽어버리자. 그것만이 내가 겪고 있는 이 모든 고통을 해결할 유일한 방법인 것 같았다. 결론을 내렸다. 어떻게든 나를 구해보려고 애쓰던 남편과, 손꼽아 엄마를 기다리는 혜인이에게는 너무너무 미안하지만 그때의 내 상황으로는 그렇게밖에 생각할 수 없었다. 모든 걸 끝내자. 그 길이 최선이다.

비스킷과 콜라를 몇 개 샀다. 그리고 수면제와 맞바꾸기 시작했다. 그러나 하루 만에 목표량을 다 구할 수는 없다. 수면제는 아침마다 한 알씩만 나누어주기 때문에 다섯 명 정도 아이에게서 며칠에 걸쳐 받아야 한다. 게다가 각각 용량도 다르기 때문에 치밀한

계산이 필요했다. 결국 넘지 말아야 할 선을 나는 넘고 말았다. 몇십 알을 모으고 나는 때를 기다리고 있었다.

저녁 식사를 준 뒤 교도관이 문을 일일이 단속한다. 딱, 딱, 딱! 바깥에서 세 개의 자물쇠를 연달아 채우는 소리가 철커덩 철커덩 들려온다. 주위가 조용해지고 30여 분이 지났다. 나는 룸메이트와 잠깐 대화를 나누고 그 애 몰래 화장실로 갔다. 심호흡을 한번 하고 약을 입에 털어넣은 뒤 컵에다 수돗물을 따라 마셨다. 잠시 기다리자 속이 이상해졌다. 그러면서 견딜 수 없는 졸음이 몰려왔다. 내 기억은 거기에서 끊어졌다.

눈을 떴다. 다시는 눈을 뜨기를 원치 않았건만, 나는 여전히 살아 숨을 쉬고 있었다. 희미한 눈으로 천장을 올려다보고 주변을 두리번거렸다. 교도소 의무실이었다. 외부에서 911이 왔다. 오늘이 몇 일이냐고 물었다. 그 사이 하루 반이 지나 있었다.

교도관은 왜 이렇게 귀찮고 성가신 일을 만드냐는 눈초리로 나를 노려보았다. 내 건강을 걱정해주는 사람은 하나도 없었다. 깨어났으니 이제 됐다면서 나는 다시 감방으로 보내졌다. 교도관은 한번만 더 이런 일이 생기면 알아서 하라고 엄포를 놓았다. 바보 같은 짓을 해서 교도관의 감시만 더 받게 돼버렸다. 이럴 줄 알았으면 차라리 며칠 더 모을 걸 그랬다고 후회하며 가슴을 쳤다.

이제 와 그때를 생각하니 다시 가슴이 아프다. 이미 엄마의 빈자리에 상처받은 딸아이에게 씻을 수 없는 더 큰 상처를 줄 뻔했다. 이 못난 엄마가 딸아이에게 또 다른 죄를 짓고 말았다. 그래, 정신 차리자. 살아서 여길 나가자고 주문을 외워본다.

며칠 만에 남편에게, 그리고 딸아이를 데리고 있는 시누이 앞으로 펜을 들었다. 아마 지금쯤 한국은 구정일 것이다. 그런 생각을 아예 말아야지 하면서도 저절로 날짜 계산이 된다.

작년 설날에 남편과 나눈 대화가 생각났다. 이제 막 걷기 시작하는 혜인이의 재롱에 시간 가는 줄을 모르면서 우리 부부는 주거니 받거니 이렇게 말했다.

"내년쯤에는 혜인이 세배를 받을 수 있겠지?"

"혜인이한테 세배하는 법을 알려줘야지!"

그렇게 말해놓고도 말이 안 된다고 생각했던지 우리는 둘 다 깔깔대며 웃었더랬다.

남편에게는 한동안 보내지 말라고 했던 딸아이의 최근 모습을 사진으로 찍어 보내달라고 했다. 만날 수는 없지만 같은 하늘 아래 있는 혜인이의 지금 모습을 보면 나도 좀 강해지지 않을까? 하지만 그것은 나의 큰 착각이었다. 편지를 쓰고 한참 뒤에 받은 답장에는 부쩍 자란 내 딸의 사진이 담겨 있었다. 더 가슴이 메어져 왔다. 엄마 없이도 잘 자란 모습이 괜히 안쓰럽고 측은하고 한편으로는 서운하기도 했다. 부쩍 커진 아이의 사진을 조심스레 꺼내 보고 며칠을 아파하며 울었는지 모른다. 다시 남편에게 편지를 썼다. 앞으로는 사진을 부치지 말라고…. 더 가슴이 아프다고. 그냥 예전에 우리 세 식구 같이 있던 시절의 사진만 보내달라고 말이다. 하루가 성장하는 아이는 나를 기다려주지 않았다. 엄마 없이도 아이는 건강하게 쑥쑥 커가고 있었다.

시누이에게도 답장이 왔다. 능력 없는 남자 만나서 고생하는 올케를 생각하면 늘 가슴이 아프다며, 미안하다고 했다. 그리고 편지 뒷장에 삐뚤빼뚤한 글씨로 두 글자가 적혀 있었다. '엄마'라고. 혜인이가 직접 쓴 글씨였다. 편지를 쓰는 고모 옆에 붙어 앉아 "엄마 빨리 오라고 해." 하고 조르고 있다고 한다. 그 순간의 아픈 마음을 어떻게 형언해야 할지를 모르겠다. 내 기억 속에선 마냥 애기였던 혜인이가 어느새 '엄마'라는 글자를 스스로 쓸 줄도 알 만큼 커버렸다. 아이는 이렇게 커가는데 나는 먼곳에 갇혀 그 아까운 모습들을 놓치고 있다니. 하늘이 무너져버리는 것 같았다. 그 어떤 훌륭한 소설가도, 시인도 내 심정을 그대로 표현할 수는 없을 것이다.

혜인이는 벌써 한글을 배우고 있었다. 내가 가르쳐주지도 못했는데 이미 글씨를 만들 줄 알았다. 유치원을 다니면서 한글을 배웠다고 했다. 그 뒤부터 시누이가 보내오는 편지에는 혜인이의 편지가 함께 동봉되어 있었다. 아이의 편지는 늘 간단했다.

"엄마 보고 싶어요."

"빨리 오세요."

나는 혜인이의 글씨를 보고 또 보았다. 서툴게 한 자 한 자 적었을 혜인이의 모습을 생각했다. 어떤 화려한 그림책보다도 아름다웠다. 그 글씨를 볼 때마다 힘이 났다. 하지만 내가 과연 여기서 살아서 나갈 수 있을까? 가슴이 너무나 아팠지만 혼자서 채찍질을 했다. 일단 나가자고. 한국에 가자고. 머지않아 나는 갈 수 있다고. 때론 착각에 빠질 정도로 기도를 하고 주문을 외웠다.

이곳 교도소는 두세 달 만에 룸메이트를 바꾸는 경우가 종종 있다. 그전에 교도관에게 룸메이트를 바꿔달라고 했다. 룸메이트가 대마초를 피우기 때문이었다. 정말 기절할 정도로 놀랐다.

내가 있는 뒤코스 교도소 바로 옆에는 남자 교도소가 인접해 있었다. 이들은 우리와 높다란 담장 하나를 사이에 두고 운동장을 나누어 썼는데, 많은 수감자들이 담장 너머의 남자 수감자들과 연애를 했다. 감시를 당하는 수감자의 처지에 연애라고 해봐야 담벼락을 사이에 두고 온갖 이야기를 나누는 것뿐이다. 얼굴도 모르는 남녀가 마치 오랫동안 사귄 연인처럼 이야기를 나누곤 했다. 잘 알아들을 수는 없지만 온갖 음담패설도 오간다. 이야기가 끝나면 남자 수감자들이 이쪽으로 대마초를 던져 주곤 했다. 나는 그런 광경을 수도 없이 보았는데 교도관들은 못 본 건지, 보고도 모르는 척을 해주는 건지….

이 이야기를 법정에 가서 했다. 가이아나에서 살고 있다는 아주머니 한 분이 통역을 해주기 위해 일부러 와주었다. 이곳 마르티니크에는 한국 사람이 살지 않기 때문에 비행기로 두 시간 거리에 사는 자신이 오게 되었다고 이야기해주었다.

통역사의 도움을 받아 형식적인 질문에 답하고, 잠깐 동안이지만 변호사와도 이야기를 나누었다. 나를 맡은 변호사는 아주 예쁘고 당찬 프랑스인이다. 나이는 이십 대 후반에서 삼십 대 초반쯤 되어 보았다. 보기에도 주눅이 들 정도의 젊음, 미모에 거기다 지식까지…. 그래도 처음에는 영문도 모르고 마약 사건에 연루되어 불안에 떠는 나를 안쓰러워하는 눈빛에 그나마 감사했다. 내내 말이 통하지 않아 답답해했던 변호사는 이제라도 대화를 할 수 있으니 다행이라고 했다. 변호사는 당신이 왜 마르티니크로 이송되었는지 알고 있냐고 물었다. 아무것도 모르는 나는 고개만 저었다.

변호사는 차근차근 설명해주었다.

“당신은 재판 때문에 이곳에 이감된 것이다. 사건 발생지가 가이아나인데 그곳에는 재판을 할 수 있는 프랑스 법원이 없기 때문에 이곳 마르티니크로 이송이 되었다. 당신은 서류와 진술조서 등이 잘못되었으므로, 임시 석방을 요구할 생각이다.”

그제야 내 상황을 조금은 이해할 수 있었다. 임시 석방을 요구하겠다고는 했지만 희망은 갖지 않았다. 매 순간 내가 깨닫는 건 이곳에서의 희망은 모두 헛되다는 거였다. 변호사가 약속한 임시 석방의 결과가 나오기까지는 정말 오랜 시간이 걸렸다.

판사가 나에게 교도소 생활을 하면서 어려운 점이 없냐고 물었다. 용기를 내어 대마초에 관해 이야기했다. 수감자들이 대마초를 피우는 것에 대해 어떻게든 조치를 취해줄 수 없겠느냐고 부탁했다. 마약 때문에 감방에 들어와 마약을 하다니…. 나로선 이해할 수 없었다.

마음을 단단히 먹고 이야기했지만 결과는 단순한 고자질로 끝났다. 그저 가벼운 훈계가 고작이었다. 우리나라에서는 몇몇 스포츠 선수나 연예인이 대마초 사건에 휘말리면 사회적 물의가 되지만 프랑스라는 나라에서는 심각하게 생각지 않고 범죄라고 여기지도 않는 것 같았다. 그만큼 프랑스에서는 대마초가 담배만큼이나 흔한 물건이었던 것이다.

프랑스의 재판진행은 우리나라와 비교도 안 될 정도로 느렸다. 하지만 그중에서도 유독 나한테는 깜깜무소식이었다. 나는 사 개월마다 한 번씩 법정에 출두했다. 내가 할 수 있는 일이라고는 십 분에서 이십 분 정도 그들의 질문에 답변을 하고 오는 것뿐이었다. 물론 보수를 받고 하는 일이겠지만 통역사를 볼 때마다 창피하고 죄스러운 마음에 움츠러들게 된다. 한국이 그립고 한국 사람이 그립지만 점점 더 자신이 없어졌다. 지친 몸을 이끌고 교도소로 돌아오면 어김없이 서류 한 장이 도착해 있었다. 재판을 또다시 사 개월 연장하겠다는 서류였다. 거기에 서명을 하면, 그것이 끝이었다. 다시 아무런 기약조차 없이 사 개월을 기다려야 하는 악몽 같은 나날이 반복되었다. 그리고 벌써 6월이 되었다.

주진철이 2005년 5월 말에 체포되었다고 남편에게서 편지가 왔다. 나를 속이고 마약을 옮기게 한 주범이 드디어 잡혔으니 수사든 재판이든 이제 빨리 진행되겠구나, 조금만 기다리면 나도 여기서 나갈 수 있있겠구나 생각했다. 하지만 그것도 나와 내 남편의 순진한 착각이었다.

두 번째의 법정출두 날이었다. 그런데 이것이 웬 일인가? 프랑스 법정에서는 주진철의 체포상황에 관해 아무것도 모르고 있었다. 변호사도 마찬가지였다.

인상 좋은 통역사에게 그 사실을 말했다. 판사가 급히 검사를 불렀다. 판사와 검사, 변호사가 내게 물었다. 그걸 어떻게 알았냐고. 남편의 편지를 받고 알았다 했더니 모두들 적잖이 놀라고 당황한 눈치였다. 나를 그대로 세워놓고 자기들끼리 머리를 맞대고 이야기를 나누기 시작했다. 꽤 긴 시간이 흘렀다. 통역사 아주머니 말로는 "이상하다, 한국에서는 왜 아무런 협조가 없냐"면서 여기 사람들이 의아해한다는 것이다. 나 역시 이상했다. 상식적으로 나보다 먼저 알아야 하는 사람들이 아닌가. 그런데 감옥에 갇혀 있는 죄수에게서 거의 주범이나 다름없는 존재가 체포되었다는 소식을 듣는다는 게 그들도 나도 어이가 없었다. 뭐가 어떻게 돌아가고 있는 건지….

더 기가 막힌 사실이 있다. 법정 출두하기 며칠 전, 그리고 주진철이 체포되었다는 남편의 편지가 오기 하루 전이었다. 대사관에서 영사가 마르티니크까지 면회를 하러 와주었다. 남편이 보낸 여름옷을 전해주러 온 것이었다. 너무나 반가웠고, 일부러 여기까지 죄인을 보러와준 것이 송구했다. 남편이 보내준 여름옷을 대신 전하러 와준 것만으로도 너무나 고마웠다. 영사는 주진철의 체포 사실에 대해 한마디도 해주지 않았다. 대신 내 사건을 담당하는 변호사를 만났다고 했다. 지금도 머릿속에서는 그날의 대화가 마치 녹음된 것처럼 생생하게 재생되곤 한다.

"변호사가 저에 대해 뭐라고 하던가요?"

"글쎄요, 변호사께서는 팔 년에서 십 년을 예상한다고…."

억장이 무너졌다. 끝났다. 모든 게 끝났다고 생각했다. 여태까지 겨우겨우 붙잡고 있던 희망의 끈이 스르륵 풀리고 말았다. 십 년이면 혜인이는 중학생이 된다. 그때까지 나는 딸을 만날 수 없는 것이다. 정신이 아득해졌다.

그날 밤, 더는 못 버틴다고 생각했다. 이제 그만 끝낼 거라고 마음을 독하게 먹었다. 남편과 시누이에게 편지를 썼다. 내가 없어도 잘 지내라고, 미안하다고, 혜인이를 잘 부탁한다고. 그리고 이 사건을 널리 알려달라는 장문의 편지를 써서 부쳤다. 그날 밤 다시 약을 먹고 한바탕 소동이 일어났다. 수면제를 먹고 창문에 목을 매다가 발각되었다. 나의 두 번째 자살기도는 십 분도 지나지 않아서 끝이 났다. 교도관들은 나를 창문에서 끌어내렸고, 입안에다 억지로 손가락을 넣어 수면제를 토하게 했다. 벌써 911도 와 있었다. 그들은 거칠게 화를 내면서 누가 이런 짓을 하라고 했냐고 나를 다그쳤다. 나는 울기만 했다. 팔 년에서 십 년형이라는데 어느 누가 자포자기하지 않을 수 있을까?

변호사에게 영사에게서 들은 나의 형량에 대해 물어보았다. 대사관 사람에게 정말 십 년형을 예상한다고 말했느냐고.

변호사는 말도 안 되는 소리라고 펄쩍 뛰며 화를 냈다. 당장에라도 한국대사관에 가서 따지겠다는 듯 목소리를 높였다.

"영사를 만난 적은 있어요. 그건 인정해요. 하지만 그런 말은 맹세코 한 적이 없어요."

그러면서 변호사는 나에게 분명히 알고 있으라면서 통역을 통해 말했다.

"재판이 끝날 때까지는 누구도 백 퍼센트 죄인이라고 할 수 없어요. 게다가 변호사는 함부로 그런 말을 해서는 안 되고요. 마담 정은 그냥 단순히 마약을 옮긴 사람이에요. 마약을 만든 사람도, 마약을 옮기다가 살인을 저지른 사람도 아니에요. 마약을 옮겼다고 해서 누구나 십 년형을 받지는 않아요. 당신은 죽었다 깨어나도 그 정도의 형은 절대 아니니 조금만 더 참고 기다려요. 거의 다 됐어요."

영사와 변호사의 말이 전혀 달랐다. 게다가 변호사는 대사관에서 비협조적이고 연락을 아예 받지 않는다며 불쾌해했다. 어리둥절했다. 그때만 해도 나는 변호사에 대한 믿음보단 대사관에 대한 믿음이 더 확고했다. 설마 내 조국, 그것도 대사관이 날 도와주겠지, 말도 안 통하는 프랑스 국선변호사가 무슨….

어쩌면 나 스스로가 더 견디기 힘든 쪽을 택한 것인지도 모르겠다. 앞으로 누굴 믿어야 하는지 큰 숙제가 남겨졌다. 일은 자꾸만 꼬여갔다. 완전히 처음부터 나의 잘못이다. 모두가 내 잘못된 선택에서 비롯된 일이기에 누구도 탓하고 원망할 수 없겠지만 나는 의지할 곳 없는 나약한 인간이기에 원망하고 증오하고 의심하고 또 세상을 버리려 한 죄로 이런 형벌을 받고 있는지도 모르겠다. 시간이 가면 갈수록 좌절감과 서러움은 더 커져만 갔고 이제는 거기에 죄책감까지 더해져 나를 지옥으로 끌어내렸다. 무엇보다 엄마로서 딸아이에 대한 죄책감과 자의건 타의건 죄를 짓고 갇힌 죄인의 죄책감까지. 정말 뭐라 말할 수 없는 절망감에 하루하루 더 힘든 나날이었다.

두 번째 자살시도 직전 유서나 다름없는 편지를 보냈던 터라, 놀란 가슴을 쓸어내린 남편은 더욱 자주 연락을 했다. 아이의 고모도 자주 편지를 보내왔다. 프랑스 법정에서는 한국대사관에 공식 서류 요청과 수사 협조문을 보냈다고 했다. 남편도 편지에다 검찰청에서 신속하게 서류를 보낼 것이란 답을 들었다고 했다. 주진철의 이송 문제도 프랑스에서 먼저 거론했다고 한다.

하지만 한 달이 지나고 두 달이 지나도 달라진 건 없었다. 계속 해서 남편과 나는 한국대사관에 편지를 보냈다. 몇 달 사이에 대사관에 보낸 편지만 수십 통이 넘었다. 그러나 대답 없는 메아리였다. 지쳤다. 한국대사관에서는 어떠한 행동도 하지 않았다. 그저 적극적으로 일을 처리하고 있으니, 기다려 달라는 답변만 되풀이할 뿐이었다.

갇혀 있는 나는 그저 빨리 서류가 오든 주진철이 이송되어오든 결론이 나길 기다렸다. 기다리는 내내 뜨거운 지옥 불 위에 앉아 있는 것 같았다. 무슨 소식이라도 있으면 속이라도 후련할 것을…. 그게 그렇게 큰 욕심인가? 어떤 결과가 나오든 그저 빨리 끝나길 기도하는 마음뿐이었다.

재판을 받고 판결에 따라 형을 사는 것과 재판을 받지 않고 형을 사는 것은 차원이 다르다. 나뿐 아니라 모든 수감자들이 다 그렇다. 이곳 교도소에 있는 미결수들도 언제 재판이 끝날지 늘 신경이 곤두서 있다. 안 그래도 가시방석에 앉아 있는 듯 힘든 하루하루인데, 재판의 스트레스 때문에 심적으로 더 힘들다. 오히려 재판이 끝난 아이들은 비교적 여유가 있다.

재판이 끝난 아이들의 방에는 으레 달력이 있다. 하지만 재판을 기다리는 죄수들은 차라리 달력을 안 보는 것이 낫다고 한다. 나 역시 그랬다. 더 이상 가위표를 하는 의미가 없었다. 나가는 날이 그 언제인지도 알 수 없기에…. 파리에 있을 때부터 랑과 함께 해오던 가위표를 이제는 그만두기로 했다.

새 룸메이트와 함께 지내게 되었다. 슬로바키아인인 얄카는 인형처럼 예쁜 백인 아이였다. 얄카는 교도소에 들어올 때부터 굉장히 떠들썩했던 아이였다. 무려 350킬로그램의 코카인을 가지고 있다가 적발되었다고 한다. 나 역시 깜짝 놀랐다. 하지만 얄카는 아무것도 모르는 채 남자와 동행하고 있을 뿐이었다.

스물일곱 살인 얄카는 가냘픈 체구를 가졌지만 보기보다는 강한 아이였다. 프랑스어도 못하고 영어도 서툰 데다가 가진 돈도 없어서 얄카와 방을 같이 쓰려는 재소자가 없었다. 하지만 심성은 착한 것 같았다. 우리는 종이와 펜으로 대화를 나눴다. 내가 우리 딸과 남편 얘기를 해주면 얄카는 남자친구와 엄마 얘기를 했다. 대화를 하다 보면 누가 먼저랄 것도 없이 울고 만다. 프랑스령 섬의 사창가에서 일을 했었다는 그녀는 고향을 떠나서 돈을 벌다가 그곳으로 흘러들어갔다고 했다. 어쩌다가 마약범죄에 휘말리게 되었냐고 묻자 얄카는 말했다. 어떤 남자가 요트여행을 가자면서 돈을 주겠다고 했단다. 돈이 필요했던 얄카는 남자를 따라나섰고, 해경에게 붙잡혔다고 했다. 요트에는 코카인이 가득 들어 있었다. 혼자 요트를 타는 사람은 의심을 사기 때문에 해경의 눈을 피하기 위해 얄카를 이용한 것이었다. 얄카도 나와 같은 처지였다.

마약 운반을 하다가 체포된 사람은 수사 과정에서 경찰에게 얼마나 많은 공범을 알려주느냐, 다른 사람들이 붙잡히는데 얼마나 협조를 하느냐에 따라서 형이 결정된다. 요트에 코카인이 있다는 사실조차 몰랐던 얄카는 아무것도 대답할 것이 없었다. 그런데 함께 간 남자도 끝끝내 입을 열지 않았다고 한다. 조직의 보복이 무서웠던 모양이다. 얄카는 남자와 함께 덩달아 긴 형을 받을 수밖에 없었다. 4년형을 받은 얄카는 날마다 그 남자를 저주했다.

나도 얄카에게 내가 왜 이곳으로 오게 되었는지를 말해주었다. 혜인이의 사진을 보여주니 예쁘다면서 얄카는 박수를 쳤다. 가족이 없는 얄카는 면회를 오는 사람도, 편지를 보내오는 사람도 없었다. 얄카는 내가 남편과 시누이의 편지를 받고 기뻐할 때마다, 침대에 올라가 등을 돌리고 누운 채 어깨를 들썩이며 울었다. 그런 얄카가 안쓰럽고 미안했다. 그나마 나는 얼마나 다행인가. 이렇게 편지라도 받을 수 있고, 돌아오길 기다려주는 가족이 있으니….

교도소에서 오래 지내다 보니 여전히 하루하루가 힘들고 지옥 같지만 나보다 처지가 안된 아이들을 토닥거려주기도 한다. 하지만 어떨 땐 천애고아인 얄카가 부럽기도 했다. 자나깨나 눈에 밟히는 자식이 없으니까. 자식을 보지 못하고 살아가야 하는 엄마의 고통을 이 아이는 모를 테니까 말이다.

이곳 마르티니크 교도소의 교도관들은 파리와도 아주 다르다. 가끔 좋은 교도관도 있지만 어떤 교도관은 술을 마시고 취한 상태로 근무를 하기도 한다. 심지어 어떤 교도관들은 수감자들의 몸에 손을 대려고 했다.

더운 날씨 때문에 원칙적으로는 하루에 세 번 샤워를 하게 되어 있었다. 그러나 실제로는 하루에 두 번 샤워하는 것도 감지덕지였다. 게다가 오 분을 넘기면 그나마 급수를 정지시켜버리기 때문에 비누칠을 한 채 방으로 돌아오는 일도 허다했다. 어느 날 샤워를 마치고 돌아서는데 바로 뒤에 교도관이 서 있었다. 흠칫 놀라는 나를 보며 묘한 웃음을 흘리더니 내 가슴을 움켜쥐는 것이었다. 황급히 손을 뿌리치자 기분 나쁘다는 듯 뭐라고 말했지만, 알아듣지 못하는 척 도망쳤다. 등 뒤에서 교도관의 고함소리를 들려왔다. 나는 몸서리를 치며 달아났다.

그날 저녁식사 시간이었다. 배식을 받으러 나가야 하는데 방문이 열리지 않았다. 열어달라고 소리를 질러보았지만 아무도 들은 척하지 않았다. 샤워 시간에 가슴을 만지려고 했던 교도관이 나를 골탕 먹이려는 것이었다. 나는 다른 교도관에게 항의하면서 그녀가 문을 열어주지 않았다고 말했다. 그러자 그녀는 이렇게 말하고는 어깨를 으쓱했다. "어머, 그랬니? 깜박했나 보네."

그런 일들은 나만 겪은 것이 아니었다. 숙직실에서 교도관과 몇 시간이고 있다가 나오는 수감자도 있다며 모두들 수군거렸다. 교도관의 방에서 나오는 수감자와 마주친 적도 있었다. 그러나 교도관과 뭘 하다가 왔느냐고는 아무도 묻지 않았다. 불만을 가질 자격도, 누구를 손가락질할 자격도 없었다. 죄를 짓고 여기에 온 이상 무엇이든지 감수해야 한다. 보고도 못 본 척, 들어도 못 들은 척….
교도소란 그런 곳이었다.

그렇게 교도소에서의 일 년이 지나갔다. 정말 힘든 시간이었다. 그보다 더 두려운 건 앞으로 이곳에서의 시간이 얼마나 남았는지, 더 이상 또 어떻게 견뎌야 할지 모른다는 것이다.

달력에 줄을 긋는 것도 포기한 지 오래고 모든 것에 지쳐 있는데 아무런 소식도 들려오지 않았다. 계속해서 편지를 썼다. 대사관에, 남편에게. 편지를 쓰고 종이학을 접고 화장지로 장미꽃도 접어보고 무엇이든 소일거리를 만들어보려 애를 쓴다. 어떻게 해야 시간을 보낼 수 있을지만 생각한다. 하루가 이렇게 길었나? 한국에서도? 기억이 가물가물하다.

여기 프랑스에서 우리 정부에 협조를 요청하고 서류를 보내라고 공문까지 보냈다는데 아직 아무런 소식이 없다. 그렇게 오래 걸리는 건가, 원래? 갇혀 있는 나로서는 그 무엇도 알아볼 방법이 없다. 답답하기만 하다. 이곳 수감자들이 재판을 받고 돌아오는 모습을 종종 본다. 간혹 재판을 받고 거의 포기 상태인 아이들도 있다. 살인과 같은 흉악범들은 이십 년에서 백 년형을 받은 경우도 있다. 그렇지만 마약범들은 대체로 오래지 않아 나가는 경우가 많다. 그들의 재판을 지켜보면서 조금, 아주 조금 희망도 가져보지만 그도 잠시일 뿐이다.

일주일에 한 번씩 봉사활동을 하기 위해 들르는 할머니가 있다. 죄수들한테 수를 놓거나 인형 옷을 만든다거나 하는 일을 시킨다며 일감을 가져오곤 했다. 수를 놓을 줄 아는 나는 할머니에게 그 일을 해보겠다고 말했다. 할머니가 한번 해보라며 테스트용 천감을 주었다. 일거리를 주는 것만으로도 좋아서 열심히 했다. 이곳에는 수를 놓을 줄 아는 아이들이 없다. 그 덕에 나 혼자만 수를 놓는다. 하지만 보수는 형편없었다. 침대시트보다 더 커다란 천에다 꽃 백 송이를 수놓고 받은 보수는 고작해야 화장지 몇 다발이었다.

어떤 아이들은 인형 옷을 수십 개 만들고도 꼼꼼하게 하지 못했다는 이유로 아무것도 받지 못하는 경우도 있었다. 주는 것이라곤 핀잔뿐. 여기서는 그 누구도 제대로 인간 대접을 해주는 사람이 없다. 봉사라는 그럴 듯한 핑계로 수감자들을 반강제로 부려먹는 셈이다. 그래서 그 할머니는 집이 몇 채에 차가 몇 대나 있는 엄청난 부자라고 한다. 한동안 들떠 있던 일거리에도 흥미를 잃었다. 아무런 대가도 없고 몸만 더 지쳐갔다. 나는 마치 멈춰 있는 시간 속에서 살고 있는 듯했다.

2006년 2월, 법정에서 호출이 왔다. 구속적부심에 나오라는 것이었다. 기대는 하지 않았다. 4개월마다 호출이 오면 늘 형식적인 법정출두, 그리고 늘 변함없는 연장…. 이번에도 다르지 않을 거라 생각하고 담담하게 갔다. 수갑을 차고 교도소를 나서서 법정에 도착해서야 수갑을 풀어준다. 낯익은 얼굴이 보였다. 통역사와 변호사다. 판사를 만나기 전 변호사와 잠깐 이야기할 시간이 있었다.

"임시석방을 요청했어요. 한국에서 서류가 오지 않아서 완전 석방은 아니지만, 이제 구치소에서 생활하지 않으셔도 될 거예요."

뜻밖의 소식이었다. 지옥 같은 교도소를 떠난다는 생각에 가슴이 두근거렸다. 그런데 아직 한국에 서류가 오지 않았기 때문에 완전 석방은 아니고 마르티니크에 계속 머물러야 할 거라고 한다. 변호사의 말에 통역사 아주머니는 "한국 정부는 뭘 하고 있는 거지? 정말 창피하네…." 하고 목멘 소리로 말한다. 왜? 왜? 대체 왜 서류를 안 보내주는 것인지 이해가 가질 않는다. 무슨 서류가 그리 많다고? 아님 절차가 그렇게 복잡한 것이라서? 완전 석방이 아니라니, 등줄기가 싸늘해진다. 어디서 어떻게 지내라는 말인지…. 판사를 만났다. 간단한 질의응답을 마치고는 다른 방으로 옮겨서 대질신문을 한다고 한다. 이형식, 신재균이 거기에 있었다. 이곳에서 일 년을 훨씬 넘는 시간 동안 처음으로 얼굴을 대했다. 정말이지 수갑만 차고 있지 않았다면 턱이라도 한 대 쳐주고 싶었다. 법정만 아니면 그렇게 했을 것이다. 물론 나를 끌어들인 주진철이 죽일 놈이지만 이 사람들도 주진철과 짜고 감쪽같이 날 속이지 않았던가. 변호사는 화내지 말고 흥분하지도 말라고 나지막히 말을 한다. 끓어오르는 분노를 애써삭이며 수사판사 앞에 나란히 앉았다. 뻔한 대질신문이라지만 조목조목 이야기했다. 같이 있으면서 나눈 이야기들, 그리고 그들에게서 들은 얘기들을 전부 말했다.

그들은 끝까지 모르는 일이라며 발뺌을 했다. 그래도 수사판사는 나에게 계속 질문을 했다. 그 사람들이 아니라고 중간에 끼어들면 조용히 하라며 제지했다. 분위기를 보니 나의 말에 중점을 두고 믿어주는 눈치였다. 마지막으로 판사는 나에게 물었다.

"이 두 사람에게 더 할 말 있습니까?"

순간 참았던 감정이 북받쳐 올랐다.

"사람이라면 미안하다고 나에게 한마디 해야 하는 거 아니에요? 내가 지금 왜 여기에 있는데, 내가 왜 이 꼴을 하고 여기에 있는 거냐고요. 빨리 모든 걸 얘기하고 공범들을 다 잡아야 하는 거 아니에요?"

울음이 터져 나와 제대로 말을 잇지 못했다. 통역사가 나에게 휴지를 건네주었다. 눈물은 그치지 않았다.

왜 이리 가슴이 아프고 왜 이리 슬프던지…. 이런 자리에서 같은 한국 사람끼리 서로 발뺌하고 옥신각신하는 모양새도 가슴 아프고, 말도 안 통하는 나라, 피부색도 다른 사람들 앞에서 저 사람들이 나쁘다고 말하는 내 자신도 너무 싫었다. 그 사람들이 미운 건 사실이지만 한없이 부끄럽고 마음이 아팠다. 대질신문이란 게 이토록 상처를 주는 자리인 줄 몰랐다.

좀 진정을 하고 난 뒤 그 방에서 나와서 변호사와 함께 다시 재판권이 있는 판사 앞으로 갔다. 판사가 선언했다.

"장미정의 석방을 허락한다. 그러나 마르티니크를 떠날 수 없다."

나는 그럼 어디에 있어야 하냐고 물었다. 그것은 변호사가 알아서 할 일이라며 판사는 간결하게 대답하면서, 또 한마디 했다. 한국은 이 사건에 협조할 생각도 없는 거냐고. 서류를 왜 안 부쳐주는지 알 수 없다고 말했다.

"그러면 언제쯤에나 재판을 할 수 있을까요?"

나의 질문에 변호사는 짜증 섞인 기색으로 무슨 서류가 있어야 재판을 하지 않겠느냐고 대답했다. 우두머리격인 주진철의 서류가 와야 재판을 할 수 있다는 것이다. 그때부터 더욱 초조해지기 시작했다. 서류가 빨리 오면 지금이라도 재판을 받을 수가 있을 텐데…. 이제 내 운명을 쥐고 있는 것은 그 한 장의 서류였다.

석방 소식은 그다지 반갑지 않았다. 그러나 변호사와 통역사는 더 이상 교도소로 돌아오는 일은 없을 거라며 그동안 고생했다고 말했다. 이제 조금만 참으면 될 거라고.

교도소를 나갈 수 있게 됐다. 이제 철창 안에서 생활하지 않아도 된다. 그러나 집으로 갈 수 있는 건 아니었다. 마르티니크에서 보호감찰을 받아야 한다는 것이었다. 이제 어디서 잠을 자고 무슨 돈으로 끼니를 해결해야 하나? 살아간다는 것이 이토록 막막하고 버거울 수가 없었다. 눈앞이 캄캄했다.

석방일 2월 28일까지는 열흘이 남아 있었다. 마음은 더 초조해졌다. 어디에서 어떻게 밥값을 벌면서 살아야 할지…. 법정에서 돌아오자마자 초조한 마음에 남편과 대사관에 편지를 썼다. 교도소를 나가 당장 어디로 가야 할지 대책이 없었다.

며칠 뒤 변호사의 편지가 왔다. 법정에서 주는 조그만 아파트에 묶게 될 것이고 월세는 이백오십 유로라 했다. 정말 기가 막히다. 그 돈을 날더러 어떻게 내고 살라고…. 남편이 보내온 돈이 있었지만 월세와 생활비를 생각하면 택도 없다.

석방일을 앞두고 이런저런 생각에 수면제 양만 늘어갔다. 그 서류, 그 종이쪼가리가 무엇이기에 나는 여기에 매여 있는 걸까? 뭐가 잘못된 걸까? 혼자서 묻고 또 물었지만 답을 알 수 없었다. 대사관에선 서류를 번역해 프랑스 법정에 보낼 것이란 편지를 받은 것이 꽤 오래 전 일인데 왜 서류가 도착하지가 않은지 알 수가 없었다.

전날 얄카와 밤새 이야기를 나누었다. 아침 일찍 교도관이 짐을 싸라고 지시했다. 그런데 여태껏 받은 남편의 편지를 갖고 나갈 수 없다는 게 아닌가! 검열 때문이었다. 프랑스 교도관들은 한국말을 모르는 데다 마약범은 편지는 물론이고 그 어떤 메모도 가지고 나갈 수 없었다. 누구의 연락처가 밖으로 전달되거나 하는 등의 사건

재발을 방지하기 위한 규칙이라고 했다. 그동안 읽고 또 읽으며 위로받았던 편지들은 소중한 내 보물들인데…. 편지봉투 하나 버리지 않고 간직해온 내 소중한 보물들인데…. 아쉬운 마음에 편지들을 껴안고 또 한참을 울었다.

다행히 딸아이와 남편의 사진은 괜찮다고 했다. 혜인이가 그려보낸 그림이 문제였다. 도저히 두고 나갈 수가 없었다. 다시는 올일이 없을 이곳, 나에게 고통과 지옥의 시간이었던 이곳에 혜인이의 그림이 남겨지는 것은 상상할 수가 없었다. 교도관 몰래 그림을 감추어서 가지고 나왔다.

한 번도 열린 적이 없었던 교도소 현관문이 열렸다. 부수고라도 도망치고 싶던 저 문이 나를 위해 열려 있다. 철커덕, 철커덕! 이중 잠금으로 된 단단한 철문! 이제는 더 이상 이 소리를 들을 일이 없겠지? 오늘로 끝이길 바랄 뿐이다. 밖으로 나가려니 함께 지낸 수감자들이 저마다 손을 흔들며 인사를 건넸다. 흐느끼는 아이도 있다. 서운한 감정보다는 부러움의 눈물일 것이다. 말은 통하지 않았지만 그 심정이 너무나 절절히 다가왔다. 얄카는 저 한 구석에서 울고 있었다. 울지 말자고, 헤어지는 순간에도 울지 말자고 약속했지만 얄카는 서럽게 울고 있었다. 울먹이는 그 아이의 얼굴을 차마 마주 볼 수가 없다. 어린 나이에 가족도 없이 편지 한 장 못

받고 외롭게 지내는 얄카! 죽지 못해 겨우겨우 살아가는 가련한 얄카의 눈물에 마음이 아팠다. 하지만 해줄 것이 없다. 울고 있는 그 아이의 손을 꼭 잡아주는 것밖에….

일 년 동안 보지 못했던 내 가방과 운동화, 돈을 고스란히 돌려받았다. 먼지가 수북하게 쌓인 운동화를 털었다. 이제 다른 곳으로 떠난다. 밖에서 봉사자 한 분이 나를 기다리고 있었다. 내가 지낼 곳까지 바래다준다고 했다.

고마웠다. 내게 자수 일을 주신 할머니도 나와 있었다. 마지막으로 교도관과 인사를 나누었다. 그동안 나에게 가끔 따뜻하게 웃어주던 교도관이 쉬는 날이라 인사도 못하고 떠나자니 서운했다. 교도관이 "잘 가, 그리고 빨리 한국으로 가." 하고 인사했다. 그 말을 듣는 순간 북받치는 감정을 애써 억누르며 그래, 희망을 갖자! 빨리 한국으로 돌아가자! 하고 또 중얼거렸다.

몇 개인지도 모를 문을 차례차례 통과했다. 처음 이곳에 입소할 땐 정신이 없어 기억을 못했는데 그리 문이 많은지 처음 알았다. 법정에 나갈 때도 창문이 없는 경찰차를 탔기 때문에 보지 못한 문이었는데, 출소할 때는 내 발로 걸어 나오면서 처음으로 문을 지났다. 엄청나게 크고 두꺼운 철문. 참 무섭다. 대체 누가 저 문을 열고 탈출한다고…. 아무리 죄인이라지만 그렇게까지 가두어놓아야 하는 걸까? 밖으로 나오는데 함께 지냈던 아이들의 얼굴이 하나하나 떠오른다. 마음속으로 기도했다. 나는 물론이고, 모두들 집으로 빨리 돌아가게 해달라고….

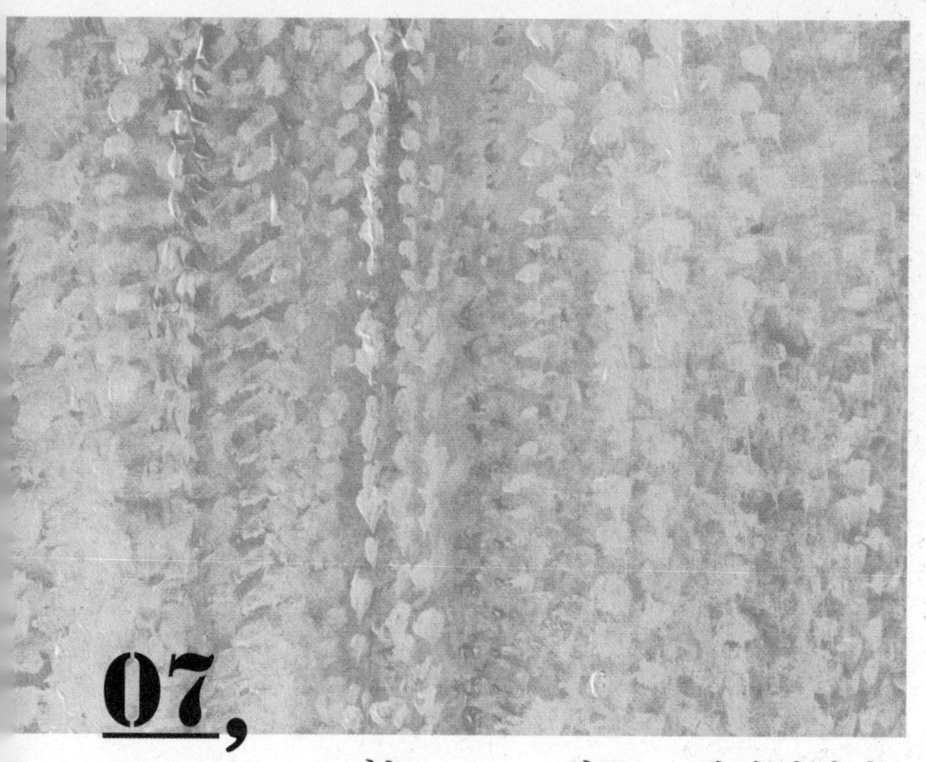

07, 나는 한국 사람입니다

봉사자의 차를 타고 내가 지낼 아파트에 도착했다. 처음 아파트를 보고 맥이 빠졌다. 집이 지저분한 것은 아무것도 아니었다. 대문이 철장처럼 생겨서, 집 안에서 내다보면 영락없는 교도소였다. 그나마 간단한 식기도구와 냉장고가 있었다.

교도소와 가장 큰 차이점이 있다면, 언제든 나가고 싶을 때 밖에 나갈 수 있다는 거였다. 하지만 여권을 압수당한 나는 직장에 취직할 수도 없고, 은행에서 계좌와 카드도 만들지 못하고, 흔한 휴대폰 하나 가질 수 없었다. 나라는 사람이 이곳에 있는데 나를 증명할 수 있는 것은 아무것도 없었다.

아파트에 도착하자마자 근처를 돌며 공중전화가 어디 있는지부터 확인했다. 단지 안에서 50미터만 걸어 나가면 바로 공중전화가 있었다. 남편이 부쳐준 돈으로 집주인에게 한 달치 방세를 선불로 내고, 남은 돈 7유로로 물과 전화카드를 사고 나니 동전 한 푼 남지 않았다. 남편에게 수신자부담으로 전화를 걸었다. 나중에 비싼 통화료를 물어야 할 테지만 지금 그런 건 중요하지 않았다.

"여보세요."

남편의 목소리가 들렸다. 나는 아무 말도 못하고 눈물을 터트렸다. 일 년 전에는 이른 아침부터 밤에 잠들기 전까지 나와 이야기를 나누던 목소리였다. 말다툼이라도 할 때면 듣기 싫다고 투정했던 남편의 투박한 목소리에 이토록 설운 눈물이 쏟아질 줄이야. 너무나 듣고 싶고 그리웠던 목소리였다. "나야." 하고 간신히 한마디 짜낸 것이 내가 한 통화의 전부였다. 수화기 너머로 남편의 울음소리도 들려왔다.

남편과 전화를 끊고 대전 시누이에게 전화를 걸었다. 시누이가 전화를 받았다. 내 목소리를 듣더니 시누이도 울먹거리더니 곧장 혜인이를 바꿔주었다. 혜인이를 기다리는 그 짧은 순간 어찌나 가슴이 두근거리고 손에서 땀이 나던지….

"엄마…?"

또 한 번 말문이 막혔다. 얼마나 듣고 싶던 목소리인가! 사랑하는 내 아기, 혜인이의 목소리였다. 입을 틀어막고 울기 시작했다. 어느 사나운 독수리가 날아와 내 가슴을 파먹는다 해도 이보다는 아프지 않을 것이다. 수화기 너머로 딸아이도 울음을 터트린다. 어린 가슴에 엄마의 존재가 얼마나 그리웠을까? 그렇게 말을 잘한다더니 엄마만 부르면서 운다. 사진을 보고 편지를 주고받을 때보다 더 마음이 아팠다.

남편도, 시누이도 혜인이가 어린애답지 않게 의젓하게 지낸다고 했지만 어린애는 어린애였다. 그런 내 아이가 울고 있는데 못난 엄마는 아이 눈물조차 닦아줄 수가 없었다.

"왜 울어, 혜인아. 엄마야 엄마. …울지 마. 응?"

혜인이가 울면서 말을 했다.

"엄마, 왜 자꾸 눈물이 나오지? 자꾸만 눈물이 나와."

어른스럽게 말하는 혜인이의 목소리를 듣고 가슴이 미어졌다. 차라리 투정이라도 부렸다면 이렇게까지 아프진 않았을 텐데…. 아이의 울음소리가 끝나지가 않는다. 다시 시누이의 목소리가 들려왔다. 고모한테 안겨서 그렇게 서럽게 운다고 한다. 이제 그만 끊어야 할 것 같다. 아이를 계속 울릴 수는 없었다. 우리 혜인이가 조금씩 말을 터득하고, 커가는 모습을 나는 살아 있으면서도 지켜보지 못했다. 그 소중한 일 년 동안 나는 엉뚱한 곳에서 인생을 허비했다. 남편과 아이와 함께 있어야 할 내 자리를 지키지 못했다. 새벽까지 울다 지쳐 잠이 들었다. 아침에 눈을 떴을 때 교도소의 내 방이 아니어서 얼떨떨했다. 실감이 나지 않았다.

저녁에 주는 수면제도, 문을 잠그는 소리도 없이 고요하게 하루가 지났다. 여전히 내가 할 만한 일은 아무것도 없었고 한없이 무기력했다. 매일 저녁 들려오던 문 잠그는 소리가 없다는 점만 빼면 교도소와 다를 것이 없었다. 위층에는 여전히 나의 일거수일투족을 감시하는 사람이 있었고, 외출을 마음껏 할 수 있는 것도 아니었다. 게다가 교도소에 있을 때처럼 배가 고팠다. 아니, 차라리 교도소가 나았다. 굶주리기는 해도 끼니를 거르지는 않았으니까. 그렇게 닷새였던가, 엿새를 내리 굶었다. 남편에게 전화를 걸어 "배고파. 돈 좀 부쳐 줘" 하고 말하는 것밖에는 내가 할 수 있는 게 없었다. 남편은 여기저기 알아보고 또 알아봤지만 급행으로 돈을 부칠 방법이 없다며 안타까워했다. 한국에서 부친 돈을 받으려면 여기까지 꼬박 두 달이 걸렸다. 은행 통장을 빌리면 금방 송금을 받을 수 있지만 여기에서 은행 구좌라는 것은 거의 신분증과도 같이 중요한 것이기 때문에 우리나라에서처럼 쉽지가 않다. 어쩔 수 없이 대사관에 전화를 했다. 대사관에 돈을 부쳐서 파리에서 마르티니크로 부치면 하루나 이틀이면 된다. 그러나 번번이 거절당했다. 지푸라기를 잡는 심정으로 또 전화하고 또 전화해서 부탁했다. 아마 대사관에서도 내가 지긋지긋했을 것이다.

처음 이삼 일 동안은 밥 생각도 없었다. 여기에 아는 사람 하나 없는 처지에 먹을거리며 생활비를 어떻게 감당해야 할지 생각하면 마음이 무거울 뿐이었다. 이미 교도소에 있을 때 남편이 부쳐준 돈도 만만치 않는 금액이었는데, 이제는 밥값이며 집세까지 내야 하니 남편의 어깨가 더 무거워질 것 같아 한숨만 나왔다.

사흘이 지나고 하니 허기가 졌다. 수돗물로 배를 채웠다. 그나마 사다놓은 물도 다 떨어졌다. 처참하다고나 할까. 애꿎은 수면제와 우울증 약만 삼켰다. 다행히 교도소에서 나올 때 가지고 나온 수면제가 있었고 보호 감찰관을 통해 계속해서 약을 타 먹을 수가 있었다.

일주일째 되던 날, 보호감찰관에게 다시 교도소를 들어가겠다고 되지도 않는 프랑스어에 손짓 발짓을 섞어가며 거의 협박하다시피 사정했다. 돌아온 대답은 그럴 수 없다는 냉랭한 메아리였다. 생활능력도 없고 말도 통하지 않는 외국인을 무작정 석방해주고 나가 살라니 그저 기가 막힐 뿐이다. 혼자 아는 욕이란 욕은 다 해본다. 무슨 이따위 나라가 있냐고. 무슨 프랑스가 선진국이냐고….

임시 석방된 사람이 거쳐간다는 이 아파트에는 내가 오기 전에는 미국인 남자가 살았다는데 그래서인지 몹시 지저분했다. 아무리 쓸고 닦고 해도 계속해서 퀴퀴한 냄새가 났다.

다행히 보호감찰관 사무실의 기관 봉사인이 18층에 거주하고 있었다. 무척 마음이 푸근해 보이는 아줌마 같았다. 무슨 일이 있으면 올라와서 편하게 이야기하라고 했지만 그렇다고 차마 밥을 달라고는 할 수 없었다. 교도소에서와 다름없이 아침에 일어나 청소를 하고 멍하니 바깥을 내다보고만 있다. 마당 잔디가 무성했다. 여기는 더운 나라서인지 잔디도 많았다.

이곳에는 비둘기도 많았다. 아파트 사람들은 먹다 남은 빵부스러기를 비둘기에게 던져주곤 했다. 차라리 그 빵부스러기를 나에게 달라고 하고 싶었다. 여러 날을 굶고 어질어질하던 어느 날, 나도 모르게 밖으로 나갔다. 정신을 차려보니 비둘기들 틈에서 허겁지겁 빵부스러기를 주워 먹고 있었다. 빵을 쥔 채 그 자리에 주저앉아 어린아이처럼 울었다. 나를 이렇게 비참하게 만든 주진철을 다시 한 번 생각했다. 이가 갈렸다. 죽인다고 해도 시원치 않을 것 같았다.

이후 한 번 더 사건이 있었다. 뒤코스 교도소에서 안면이 있던 수감자가 출소를 했다는 소식을 들었다. 우연히 길에서 그녀를 만났다. 잘 지내냐는 말에 나는 배가 고프다고 했다. 그러자 그녀는 자기 집으로 놀러오라고 했다. 그녀는 가족들과 함께 살고 있었다. 가족들 누구도 나와 말이 통하지 않았고, 갑작스럽게 찾아온 나에게 맛있는 음식을 대접할 만큼 형편이 넉넉하지도 않았지만, 그들은 나에게 따뜻한 빵과 스프를 주었다. 겨의 여드레 만에 먹는 음식이었다. 몇 년 만에 먹는지도 모를 따뜻한 음식, 사람다운 식사였다. 얼마나 정신없이 먹었는지 몰랐다. 그리고 그녀의 가족들과 말이 통하지도 않는 대화를 나누며 오랜만에 사람의 온기를 느꼈다. 그리고 그날 밤은 그 집에서 자고 다음 날 돌아왔다.

아파트에 돌아오니 보호감찰관이 나를 기다리고 있었다. 화가 머리끝까지 나 있었다. 가석방의 규칙을 어기고 집을 나갔다며 나를 다그쳤다. 어안이 벙벙했다. 이십사 시간 동안 집을 비우면 안 된다는 규정은 나도 알고 있었다. 하지만 문제가 될 거라 생각하지 않았다. 나는 동료의 집에서 이십사 시간을 채우지 않고 내 아파트로 돌아왔기 때문이었다. 그러나 보호감찰관은 여전히 화를 냈다. 사전에 말을 하지 않고 갔다는 거였다. 내가 보이지 않자 사람들은 내가 이 섬에서 달아난 게 아닌가 의심했다는 거였다. 이것은 그냥 보아 넘길 일이 아니라고 했다.

"너무 배가 고팠어요."

나는 기어들어가는 목소리로 힘없이 변명을 했다. 보호감찰관은 가슴을 쿵쿵 쳤다. 내가 너무 답답하다는 의미였다. 보호감찰관은 다시는 이런 일이 생기면 안 된다고 신신당부를 했다.

그즈음 방송국의 정택수 PD라는 분에게서 연락이 왔다. 내 사건을 취재하겠다고 했다. 마르티니크로 취재차 나를 방문할 것이며, 남편도 동행할 것이라고 했다. 남편이 온다니…! 다른 말은 들리지 않았다. 초조하게 남편이 오기로 한 날만 기다렸다.

그날이 되었다. 집 안에서 안절부절 못하고 있는데 밖에서 낯익은 목소리가 들렸다.

"혜인엄마, 문 열어."

나를 찾는 남편의 목소리였다. 꿈에서나 그리던 남편이 문 앞에서 있었다. 나는 서러움을 못 이겨 엉엉 울었다.

남편이 내게 다가와 등을 쓸어주고 안아주었다.

"고마워. 고마워. 살아 있어줘서 고마워, 여보."

나를 달래는 남편의 목소리도 울먹이고 있었다. 일 년 반 사이에 남편은 몰라볼 정도로 핼쑥해져 있었다.

"당신, 왜 이렇게 살이 빠졌어?"

"당신이 이렇게 고생하고 있는데 어떻게 밥이 넘어가겠어."

남편은 제대로 먹지 못해 마르고 얼굴이 상한 나를 보고 기가 막힌지 울음을 참지 못했다. 우리는 부둥켜안고 한참을 울었다.

일 박 이 일의 짧은 여정이었지만 남편이 와주어서 행복했다. 덕분에 거의 팔 일 만에 밥도 먹을 수 있었다. 온종일 남편의 손을 놓지 않았다. 남편은 살이 십 킬로그램이나 빠졌다고 했다. 한국에서 함께 있을 때는 다이어트를 해야 하나 걱정할 정도로 건장한 체구였는데….

우리 부부는 PD와 많은 이야기를 나누었다. 약간의 비상금도 생겼다. 그리고 프랑스에서도 의지할 수 있는 사람이 생겼다. KBS의 파리 현지 코디네이터로 있는 미혜 씨였다. 소식을 들으니 나를 한국으로 돌려보내기 위한 인터넷 카페도 생겼다고 했다. 그 말을 듣고 어안이 벙벙했다.

"저를 위해서요?"

나는 재차 물었다.

"제가 뭐라고 그런 게 다 생겼을까요? 저는 연예인도 아닌데…."

내 말에 사람들이 한바탕 웃었다.

이야기를 듣고 나서야 나는 이곳 한국대사관이 자국민에게 얼마나 비협조적이었는지도 알게 되었다. 내 잘못은 있지만 내가 겪은 모든 고통이 마땅히 내가 감당해야 할 것은 아니었다. 하지만 말이 통하지 않으니, 누구에게도 호소할 방법이 없었다. 그나마 고맙게도 프랑스 법정에서는 나에게 비교적 호의적이었다. 재판 진행 중인 검사가 정 PD의 인터뷰 요청에 직접 응해서 나를 단순 가담자로 보고 있다며 걱정해주었다. 그런데 정작 우리나라 대사관은 날 믿어주지 않으니 어떻게 된 것일까.

그런데 국선변호사가 취재팀의 연락에 계속 도움은 되지 않았다. 취재팀이 변호사를 만나고자 계속해서 연락을 취했지만 그녀는 너무 바빠서 만날 수 없다고 딱 잘라 거절했다. 미혜 씨가 멀리 한국에서 찾아왔으니 오 분만 시간을 내 달라고 부탁했지만 오 분도 안 된다고 했다. 오히려 변호사라는 직업이 어떤 건지 모르냐고 큰소리를 쳤다. 당장 카메라를 치우고 돌아가라며 화를 내고는 사무실로 들어가버렸다. 내가 말이 통하는 프랑스인이라도 저랬을까? 황망한 마음에 우리 일행은 뭘 어찌할 바를 몰랐다. 기가 막혔다. 그래도 이제 나는 혼자가 아니었다. 우리 부부는 손을 꼭 맞잡고 멀리서 나를 보러 와준 사람들의 얼굴을 보았다. 함께 싸워주는 사람이 프랑스에도, 한국에도 있다는 걸 알게 됐다. 혼자가 아니라는 것만으로도 힘이 났다.

정 PD는 나를 위해서 부쩍 큰 혜인이의 모습을 영상으로 담아왔다. "엄마!"라고 부르는 혜인이의 웃는 얼굴, 부끄러워하는 모습이 동영상으로 선명하게 보였다. 집 떠나서 늘어난 것이라고는 눈물뿐인지, 또 울고 말았다. 정 PD가 담아온 혜인이의 모습을 보고 또 보았다. 지금도 엄마가 멀리 간다는 말에 싫다며 칭얼대던 아이의 목소리가 귓전을 때린다.

"엄마, 가지 마. 안 가면 안 돼?"

그런 아이를 달래고 어르고, 기껏 시장 어귀에 있는 장난감 가게에 데려갔다. 비싼 것도, 예쁜 것도, 유행하는 캐릭터 인형도 없이 먼지만 수북하게 쌓여 있는 조그마한 장난감 가게였다. 아이의 시선은 상자 안에 들어 있는 인형에 줄곧 머물렀다. 우윳병이 함께 들어 있는 아기 인형이다. 언뜻 봐도 몇 만 원쯤 하는 듯싶다. 반강제로 이천 원짜리 인형 하나 쥐어주었다.

"엄마가 금방 돈 많이 벌어와서 씽씽카도 사주고, 인형도 사주고, 자동차도 사줄게! 알았지?"

그리고 얼른 장난감 가게를 빠져나왔다. 집으로 오는 길에 붕어빵 하나 쥐어주고…. 참 지금 생각하면 기가 막힌다. 어느새 훌쩍 커버린 아이의 모습이 담긴 카메라며 사진을 연신 쓰다듬었다.

다음 날 남편과 방송국 일행은 아쉬움을 뒤로하고 떠났다. 남편과 또 다시 헤어져야 하는 것이 힘들었다. 공항까지 배웅은 하지 않았다. 혼자 이 아파트로 다시 돌아와야 하는 현실을 감당할 수 없을 것만 같았다. 이 잔인한 현실 속에서 나는 대체 언제까지 버틸 수 있을까? 언제쯤 내 딸과 내 남편이 있는 땅으로 돌아가게 될까? 간밤에 남편에게 말했다.

"내가 집에 갈 테니까 당신이 나 대신 여기 있어주면 안 돼?"

말도 안 되는 투정이었다. 내가 말해놓고도 어이가 없어 쓴웃음을 짓는데 남편은 말이 없었다. 남편은 내 말에 울고 있었다.

남편을 다시 떠나보내고 나니 왜 그때 그런 말을 했는지 후회가 된다. 보내는 나도 아프지만 머나먼 타국에 또 다시 아내를 홀로 두고 와야 하는 남편의 심정은 어땠을까?

한국에서 사람이 다녀간 덕인가, 보호감찰관의 태도도 훨씬 부드러워졌다. 여전히 말은 통하지 않았지만, 이전보다 신경 써주는 것을 느낄 수 있었다. 함께하는 사람이 있다는 건 이렇게 든든하고 고마운 일이었다. 더구나 나를 돕기 위해 만들어진 인터넷 카페라니…! 나는 나라 이름에 먹칠을 한 죄인이데 얼굴도 모르는 이들이 나를 위해 모임을 만들고 어떻게든 도울 방법을 찾고 있다는 말에 어쩔 줄을 몰랐다. 어느 순간 갑작스런 불행이 내 인생을 집어삼켰듯이, 이번에는 기적이 찾아와준 것만 같았다. 한편으로는 죄책감 때문에 여러 사람들의 관심과 도움이 부담스럽기도 했다. 남편은 이후 전화를 할 때마다 "우리를 도와주는 사람들이 이렇게나 많은데, 당신 돌아오면 우리도 어려운 사람들 도우면서 살자"고 했다. 내 남편도 그동안 얼마나 힘이 들고 외로웠을까? 그러나 아직 싸움이 끝나지 않았다. 재판이 남아 있으니까 말이다.

남편에게는 보이지 않겠지만, 수화기를 꼭 쥐고 조용히 고개를 끄덕였다.

외롭고 힘이 들 때마다 남편이 가져다준 고춧가루, 김, 깨소금을 만져보고 그리운 냄새를 맡았다. 혜인이랑도 종종 통화를 했다. 하지만 혜인이 고모는 너무 자주 전화하지는 말라고 했다. 그 말을 듣는 순간 가슴이 탁 막힌다. 혜인이가 엄마의 전화를 받는 날이면 부쩍 짜증을 내고 우울해한다는 거였다. 일 년 반 동안 얼굴 한 번 보여주지 않은 엄마가 내내 연락도 없다가 이제 와서 목소리만 들려주고 있으니, 어린 것이 혼란스러워하는 것도 당연했다.

게다가 혜인이는 전화를 하면 할수록 나를 서먹하게 대했다. 헤어질 때만 해도 이제 막 말을 배울 때라서 하루 종일 나에게 이것저것 묻고 종알거렸는데, 일 년이라는 시간이 나와 하나밖에 없는 딸의 사이를 갈라놓았던 것이다. 엄마와 함께한 추억을 거의 기억하지 못하는 아이는 전화를 걸어도 별로 말이 없었다. 세상에서 가장 가까운 엄마와 딸이지만, 일상을 공유하지 않는 우리는 몇 마디 대화를 나누는 게 고작이었다. 혜인이와의 통화는 늘 비슷했다.

"엄마, 언제 와?"

"엄마 공부 끝내고 얼른 갈게."

"엄마, 빨리 와, 전화만 하지 말고."

그걸로 우리의 통화는 끝났다. 더 이어갈 화제가 없었다. 전화를 끊을 때마다 가슴에서 찬바람이 불었다. 하루빨리 혜인이 곁으로 돌아가야 했다.

가장 힘든 건, 교도소에서 복용하기 시작한 수면제를 끊는 거였다. 남편과 정 PD와도 수면제를 끊겠다고 약속을 했는데…. 습관이라는 것은 참 무섭다. 한국에 있을 때는 머리를 대기만 하면 잠이 들었다. 커피를 마시면 밤잠을 설친다는 사람들의 말을 들을 때마다, 참 신경이 예민한 사람들도 다 있다고 남의 일처럼 생각했는데, 이제는 내가 지독한 불면증에 시달리게 되었다. 수면제를 먹고도 잠이 오지 않으면 다른 수감자들한테 얻어가면서까지 먹었던 수면제에 익숙해져서, 이제 수면제를 먹지 않으면 잠을 이룰 수 없는 상황까지 이르렀다. 수면제를 구하는 건 교도소에서나 이곳에서나 그리 어렵지 않은 일이었다. 원하기만 하면 언제든 손에 넣을 수 있었다. 이제 수면제에 의존하지 말자고 결심하고 쓰레기통에 쏟아버렸다가, 다시 쓰레기통으로 달려가 뒤지는 일도 허다했다. 약속을 지키지 못하는 나 자신이 싫었다.

밤마다 뒤척임이 심해졌다. 어디에 몸을 뉘어도 편하지가 않았다. 새근거리는 혜인이의 작은 숨소리를, 남편의 코고는 소리를 들을 수만 있다면 마음 놓고 푹 잘 수 있을 것만 같았다. 남편이 다녀간 이후로는 그리움이 더 심해졌다.

이런 나를 위로해주는 따뜻한 사람들이 있었다. 파리에 있는 미혜 씨는 거의 날마다 전화를 걸어 안부를 묻고 인터넷 카페 회원들의 응원 메시지를 전해주었다.

방송이 나간 뒤에는, KBS 홈페이지 게시판과 청와대 신문고, 대사관 홈페이지 등이 마비가 될 정도로 나에 대한 응원의 글이 올라왔다고 했다. 나는 한갓 평범한 주부일 뿐인데, 너무나 많은 사람들이 진심으로 나를 응원해주고 있었다. 내가 이곳에 붙잡혀 가족과 떨어져 지내는 것을 걱정하고 마음 아파해주는 사람들이 있었다. 부끄럽지만, 힘이 났다. 얼굴 한 번 보지 못한 사람들의 사랑과 관심이 벅차게 다가와 밤잠을 설치기도 했다.

심지어 인터넷 카페에서는 나를 위해 생활비 모금을 시작했다고 했다. 남편도 그들의 제안을 여러 차례 거절했다고 했다. 그때마다 그분들은 이렇게 말했다고 한다.

"우리가 좋아서 하는 일이니 거절하지 말아주세요."

좋아서 하는 일이라는 그 말이 너무나 과분한 사랑으로 와 닿았다. 카페 회원들은 어린이날 대전에 있는 혜인이와 함께 시간을 보내고, 남편과도 가끔 만난다고 했다. 그들은 늘 남편에게 힘을 내라고 격려하고, 나를 함께 걱정해주었다고 했다. 그리고 파리에 있는 변호사가 미혜 씨를 통해 날 변호하고 싶다고 연락해왔다. 그것도 무료로 말이다. 불가능한 제안이었다. 무료로 변호하겠다고는 하지만 마르티니크까지 오가는 비용, 호텔 체류비 등이 만만치 않다. 단번에 거절했다. 아니, 거절이라기보다는 현실적으로 받아들일 수가 없었다. 그러나 어둡고 음울했던 나의 상황이 달라지려 하고 있었다.

어느 날 아침이었다. 샤워를 하고 나서 머리를 말리고 있는데 방문을 두드리는 소리가 났다. 문을 열어주려고 몸을 일으켰을 때 다시 문을 두드리는 소리가 들렸다. 문 밖에 선 사람이 나를 불렀다. 여자 목소리였다.

"미정 씨!"

한국말이었다. 이곳에서 누가 한국말로, 그것도 내 이름을 부르다니 잘못 들었다고 생각했다. 환청을 들은 것이 한두 번이 아니었으니. 그런데 또다시 들려온다.

"미정 씨."

잠시 얼어붙어 있다가 나가보았다. 한국 사람이었다. 어리둥절했다.

"미정 씨, 문 좀 열어주세요."

문을 열었다. 그게 희진 씨와의 첫 만남이었다. 희진씨는 나를 지지하는 인터넷 카페의 회원이고, 마르티니크에서 산 지 일 년쯤 됐다고 했다. 이곳에서 한국 사람을 다 만나다니…. 마르티니크에는 한국 사람이 없다는 통역사의 말이 잠깐 스쳤다. 진작 희진씨를 알았더라면 그렇게 외롭고 힘들지 않았을 텐데…. 하지만 내가 사는 아파트는 법정 관할이기 때문에 허락 없이 아무나 왕래를 할 수가 없다. 게다가 아파트 위층에는 감시까지는 아니지만 나의 일과를 체크하는 사람도 있어서 항상 조심해야 했다. 평소의 나는 이곳에 아는 사람 하나 없고 경찰서에 매주 한 번씩 서명하러 가고 보호감찰관 사무실에 들르는 것 외에는 거의 외출하는 일도 없었다.

희진 씨 부부가 나를 만나기 위해서는 보호감찰관과 미팅을 하고 허락을 받아야 했다. 순수한 마음으로 나를 찾아온 고마운 사람들인데…. 규칙은 규칙이기 때문에 번거롭고 두 사람에게는 미안한 일이지만 보호감찰관에게 보고하러 갔다. 재판 전인 나는 항상 판사에게 밉보이는 일이 없도록 매사에 조심해야 했다.

우여곡절 끝에 미팅을 가졌고 우리는 틈틈이 만나 시간을 함께 보낼 수 있게 되었다. 미안해하는 나에게 오히려 희진 씨는 말했다.

"마르티니크로 시집을 온 뒤로는 한국말로 이야기할 일도 없고 얼마나 외로웠는데요. 마침 미정 씨의 이야기를 인터넷에서 보고, 내가 도울 일이 없을까 생각했는데, 이렇게 만나게 돼서 얼마나 좋은지 몰라요."

밝게 웃는 희진 씨를 보니 마음이 놓였다. 나도 빙긋 웃었다. 얼마 만에 웃는 건지 몰랐다. 우리는 햄버거를 먹으러 가기도 하고, 희진 씨네 집에 놀러가기도 했다. 늘 데리러 오고, 데려다주는 희진 씨에게 고마운 마음을 표현할 작은 선물이라도 하고 싶었지만, 떳떳한 입장이 아닌 나는 해줄 게 없었다. 희진 씨는 괜찮으니 신경 쓰지 말라고 했다. 내가 이곳에 있는 것 자체가 선물이라고 했다.

어느 날, 희진 씨의 차를 타고 드라이브를 가던 날이었다. 막 정오가 지난 시간이었다. 거리에 사람들은 없었다. 한낮 기온이 50도를 오르락내리락하는 뙤약볕에서 차를 타지 않고 걸어 다닌다는 것은 자살행위나 다름없었다. 쾌적한 차 안에서 오랜만에 하늘을 올려다보았다. 이곳 하늘은 그리운 한국의 하늘만큼이나 맑고 푸르렀다. 우리나라의 가을하늘이 그렇게 높고 푸르다고는 하지만, 일 년 내내 여름인 이곳 하늘이 더 눈부시게 맑고 푸른 것 같았다. 하지만 푸른 하늘 아래에는 교복을 입고 아이스크림을 입에 물고 삼삼오오 학원으로, 집으로 걸어가는 학생들이나 유모차를 끌고 오가는 젊은 엄마들의 정다운 모습은 없었다. 그냥 새파란 하늘이 거기 있었다.

그리웠다. 내가 살던 그 일상적 풍경이. 거리마다 북적이는 사람들도 그립고 빵빵거리는 마을버스도, 동네 놀이터에 뛰노는 어린 아이들의 모습도 보고 싶었다. 시장에서 콩나물을 파는 할머니에게 콩나물 천 원어치를 사다가 절반은 무쳐 먹고, 절반은 국을 끓여서 혜인이랑 남편하고 둘러앉아 흰 쌀밥에다 먹고 싶었다. "콩나물 천 원어치만 주세요." 이 말을 해보고 싶었다. 옆에 있는 희진 씨에게 들리지 않게, 조용히 그 단어를 중얼거렸다.

희진 씨를 만나고 나서 파리에 있는 한인 회장님과 연락이 닿았다. 나를 도와주고 싶다고 하셨다. 하지만 그즈음 나는 이상하게도 대사관과 점점 믿지 못하는 사이가 되어버렸다. 대사관과 밀접한 관계를 가지고 계신 한인회장님께는 죄송스럽지만 한인회장님, 방송국, 카페 등의 관계가 복잡했다. 그러다 보니 주위의 말도 그렇고 카페 분들의 반대도 있어서 무턱대고 도움을 받을 처지가 아니었다. 그런가 하면 한인회장님도 내게 충고했다. 방송국 사람들의 말을 무조건 믿지는 말라고. 물론 그들이 방송 취재 때문에 나를 찾아온 건 사실이지만 그들의 방문은 나에게 정말 구세주나 다름없었다.

어쨌든 한인회장님이 낡기는 했지만 노트북과 핸드폰을 보내주셨다. 정말 고마운 분이다. 다만 이러지도 못하고 저러지도 못하는 내 입장이 답답할 뿐이었다. 나중엔 다 진실이 밝혀질 거라고 믿는 수밖에 없었다. 죄인 입장에서 누구를 거절하고 그럴 주제는 못 되지만 대사관은 야속하고 신뢰할 수가 없었다.

프랑스 법정에서도 판사는 말했다. 당신은 억울하게 들어온 사람이라고. 한국에서 취재를 하러 왔을 때 판사도 검사도 선뜻 인터뷰에 응해주었다. 하지만 한국에서는 내 이야기를 들어주지 않았다.

죄인의 입장에서 많은 걸 바란다면 그건 욕심이고 뻔뻔스러운 짓이다. 나는 나의 죄를 부인할 생각도 없고 도움을 얻고자 한 것도 아니었다. 다만 원한 것은 서류를 빨리 보내주고 신속하게 처리를 해주었더라면… 하는 것뿐이었다.

물론 그분들에게도 입장이 있었을 것이다. 공사가 바쁘고 힘든 일도 있었을 것이다. 하지만 나를 취재한 방송국에 공문을 보내 방송을 보류해달라고 요청했다거나, 파리의 미혜 씨한테 전화를 걸어서 "그런 검사가 어디 있느냐, 배우를 섭외한 것 아니냐"는 말까지 했다니 나를 돕는 사람들 앞에서 내가 더욱 죄스러울 따름이다.

영사가 미혜 씨에게 이렇게 분명히 이야기했다고 한다. "김미혜 씨, 영사, 대사도 못 만나는 검사를 일개 방송국에서, 그것도 한국에서 온 언론과 인터뷰를 한다는 건 있을 수 없는 일이다. 당신들이 실수를 하고 있는 것이다"라고.

슬픈 일이다. 같은 한국 사람들끼리 서로를 못 믿는다는 것이…. 이게 다 나 때문이라고 생각하면 너무나 마음이 무거웠다. 나 하나로 인해서 일이 너무 커지는 것이 아닌가, 나로 인해 오히려 더 많은 사람들이 피해를 보고 정신적인 고통에 시달리는 것은 아닌가 걱정스러웠다. 하지만 홀로 머나먼 마르티니크에 떨어진 나는 할 수 있는 일이 아무것도 없었고 그런 무력한 내 모습이 더욱 한심했다. 가슴 한쪽엔 걱정이, 또 다른 쪽에는 희망이 있었다. 그저 나를 위해 응원하고 고생하는 많은 분들에게 피해가 가지 않기를 기도할 뿐이었다.

그즈음 인터넷 카페에서 400유로가 넘는 돈을 나에게 부쳐주었다. 대사관에서 나에게 송금해주는 것을 거절했기 때문에, 한인회장님이 나에게 전달해주었다. 그 방법이 아니면, 내 손에 돈이 들어오기까지는 두 달이 걸린다. 방세는 제 날짜에 꼬박꼬박 내야 했기 때문에 어쩔 수 없었다. 정말 아깝다. 내 돈도 아니고 카페에서 조금씩 모은 귀한 돈인데 나 하나 때문에 외화 낭비를 하고 있으니 말이다. 사람들은 라면, 김, 참기름, 깨소금, 미역, 커피, 모기약 등 많은 것을 보내주었다. 직접 소포를 받을 수도 없는 형편이라 희진 씨가 받아서 내게 가져다주었다. 김은 '김'이라고, 참기름은 '참기름'이라고 쓰여 있는 게 새삼스러웠다. 그렇게 보고 싶은 한글이었다. 낡은 노트북으로 영화도 보았다. 일부러 한국 영화만 보았다. 영화 속에는 당장 달려가고 싶은 한국의 친숙한 거리가 나왔다. 등장인물들은 고깃집에도 가고, 포장마차에도 갔다. 한국어로 이야기를 하고, 한국말로 손님을 반겨주는 가게에 들어갔다. 그들이 시켜먹는 음식은 한국 음식이었다. 똑같은 영화를 몇 번이고 돌려봤지만 내용은 하나도 기억나지 않았다. 그냥 한국에서 걷고 먹고 읽고 노래하던 모든 것들을 내 눈에 부지런히 담았다. 눈물이 났다. 저들처럼 나도 포장마차에 가고 우리말로 실컷 수다를 떨고 싶었다. 노트북을 앞에 놓고 주책스럽게 눈물만 흘렸다.

교도소에 있을 때와 비교하면 천국이나 다름없었다. 먹고 싶을 때 먹고, 자고 싶을 때 자고 죄인이 돼서 이게 무슨 호강인지…. 하지만 한편으로는 마음이 무겁다. 이 모든 것을 어찌 갚아야 할지 몰랐다.

그러는 사이 나는 많이 안정되어가고 있었다. 해지면 바깥으로 산책을 나가기도 했고, 한국어로 수다를 떨고 싶을 때면 희진 씨에게 연락을 했다. 우리는 오래전부터 알고 지낸 사이처럼 많은 이야기를 나누었다. 남편과 혜인이의 목소리를 듣고 싶으면 한국으로 전화를 걸었다. 남편과 함께 혜인이를 안고 마트에 가서 저녁거리도 사고, TV드라마를 실컷 보면서 웃고 떠들고 싶었다. 그리움은 시간이 갈수록 짙어졌다.

친구가 하나둘씩 늘었다. 조은혜 씨를 만났다. 캐나다 유학 중에 프랑스인 남편을 만나 마르티니크에 함께 와서 공부 중인 학생이라고 했다. 앳된 모습의 새댁이었다. 희진 씨와 셋이 꼭 붙어 다녔다. 인구의 대다수가 흑인인 이곳에서 동양 여자, 특히 한국인 여자 셋이서 이곳에서는 생소한 언어를 쓰면서 돌아다니면 사람들이 힐끔힐끔 쳐다보기도 했다. 그마저도 너무 우스워서 우리 셋은 웃음을 터뜨리곤 했다. 마치 고등학교 시절 어울려 다니는 단짝친구들 같았다.

은혜 씨 덕분에 일자리도 구할 수 있었다. 일주일에 두 번 법원 청소를 하고, 가정집에 가서 다림질 같은 자질구레한 집안일을 도왔다. 오랜만의 일자리였다. 어렵게 일자리를 구해준 은혜 씨를 생각해서도 열심히 일다. 조금만 돌아다녀도 땀이 줄줄 흐르는 무더위에도 일할 수 있다는 것만으로도 기쁘고 감사했다. 그래봤자 일주일에 몇 십 유로를 버는 게 다였지만 그것도 감지덕지였다. 열심히 일하면 할수록, 남편과 인터넷 카페의 회원들에게 신세를 덜 질 수 있었다. 나중에는 월급도 올라서 남들보다 십유로를 더 받고 일을 했다. 처음으로 월급이 올랐던 날, 봉투에 든 돈을 몇 번이나 세어봤는지 모른다. 누가 뭐래도 내가 이곳에 있는 것은 외화낭비였다. 쓸데없이 외국에서 돈을 쓰고 있다는 생각이 들 때마다 이를 악물고 더 열심히 일을 했다.

그러는 동안 재판은 계속 미뤄졌다. 더구나 프랑스에서는 6월부터 9월 말까지는 휴가 기간이었다. 그 기간에 공공기관들은 교대식으로 일을 했고, 공무원들의 일처리 속도도 무척 더뎠다. 6월 초에 재판에 관련한 연락이 오지 않는다면, 이대로 휴가 기간이 끝나는 석 달 동안 재판은 없는 거였다. 한국 같으면 한 시간이면 끝날 일을, 이곳에서는 하루, 이틀이 걸려서 끝냈다. 프랑스의 공무원들은 퇴근시간이 되면 하던 일도 내려놓고 서둘러 집으로 가버린다고들 했다. 업무시간 외에는 웬만해서는 추가 근무를 하지 않는다고 했다. 한국에서는 아홉 시고 열 시고, 일이 끝날 때까지 야

근을 한다는 말에 모두들 믿기지 않는다는 표정으로 나를 쳐다보았다. 그렇게 보면 한국인들이 무척 일을 열심히 하기는 하는 모양이었다. 휴가 기간의 프랑스 공무원들은 그마저도 일하지 않았다. 게다가 모든 면에서 프랑스 본토와 차별을 받고 있는 외딴섬 마르니티크는 더더욱 열악했다. 생애 최악의 휴가 기간이었다.

언제까지 이렇게 기다려야 하나? 앞이 보일 듯 말 듯하면서도 왜 보이지가 않는 건지…. 일도 손에 잡히지 않았다. 일을 하다 말고 하늘을 보며 한숨을 내쉬는 일이 잦아졌다. 매일같이 통화하는 남편에게도 걸핏하면 짜증을 냈다. 짜증을 내고 전화를 끊고 나면 괜히 미안한 마음에 한참을 울다가 잠이 들었다. 수면제도 여전히 먹고 있었다. 오히려 불안한 마음이 커질수록 양이 점점 늘어났다. 하지만 수면제를 먹어야 잠을 잘 수 있고, 잠을 자야 그만큼 시간을 보낼 수가 있으니 다른 방법이 없었다. 혜인이는 하루가 다르게 커간다고 했다. 책을 좋아해서 그림책, 어른 책 할 것 없이 닥치는 대로 읽는다고 했다. 날마다 "집으로 돌아가고 싶다"는 뜻의 프랑스어를 떠듬떠듬 외워보곤 했다. 이 말을 과연 써먹을 일이 있을까? 내가 살아서 혜인이를 볼 수 있는 걸까, 살아서 남편과 함께 남은 생을 살 수는 있을까…? 내가 있던 곳으로 돌아가는 것이 나에게 허락되기는 할까? 언제까지 이곳에 더 있어야 할지 짐작조차 할 수 없었다. 답답함은 계속되었다.

은혜 씨는 프랑스 법정의 인맥을 동원하여, 내가 하는 모든 법적인 일의 통역을 맡아주기로 했다. 마음 놓고 내 말을 할 수 있게 되었으니 고마운 일이었다. 은혜 씨는 6월 18일 신재균, 이형식의 법정출두에 통역사의 권한으로 출근하게 되었다. 마르티니크에 한국인이 없는 줄로만 알았던 법원에서는 은혜 씨가 있다는 것을 알고 무척 기뻐하면서 흔쾌히 통역사로 채용하였다.

그날 오후였다. 은혜 씨에게서 전화가 왔다. 잠깐 휴정하는 시간에 틈을 내어 전화를 한다고 했다.

"미정 씨. 한국에서 서류가요, 그 서류 있잖아요. 미정 씨 재판 서류…. 그게 아직도 한국에서 도착을 안 했대요."

"……."

너무 기가 막히고 당황해서 아무 말도 나오지 않았다. 방송국에서 다녀간 것이 3월이었다. 그때 한국대사관에서는 분명히 프랑스 법원 측에 서류를 보냈다고 말하지 않았던가.

3월에 서류를 발송했다는 둥, 확인이 안 되는 모양이니 다시 보내겠다는 둥 그렇게 말해놓고선 이제 와서 영사가 직접 서류를 들고 나타나 판사에게 면담을 요청했다는 것이다. 판사는 영사의 면담을 거절했다고 한다. 그만큼 프랑스 법원에서도 이 일과 관련하여 대한민국 대사관에 신임이 없었던 것이다. 그걸 지켜보는 은혜 씨는 너무 창피해서 쥐구멍에 숨고 싶었다고 했다. 이해할 수 있었다. 내 자식 내가 미워 때려도, 남이 때리면 기분이 나쁠 수밖에. 물론 비유가 적절치는 않지만 말이다.

"아, 모르겠어요. 창피해 죽겠어요. 일을 왜 이 모양으로 처리했을까요? 진짜 부끄러워요. 그 소식 듣고 너무 민망해서 얼굴이 새빨개진 거 있죠."

은혜 씨는 다급한 목소리로 쉬는 시간이 끝났다고, 다시 통화를 하자면서 전화를 끊었다. 나 역시 화끈거렸다. 내가 뜨거운 애국심을 가진 건 아니지만 어디선가 애국가가 들려오면 가슴 벅차던 내가, 보기 좋게 나라에게서 버림을 받은 것 같았다.

정 PD에게도 이 사실을 알리니 모두가 황당해했다. 게다가 외교통상부에서는 KBS 앞으로 나를 취재한 방송을 보류해달라는 공문까지 보내왔다고 한다. 한 번 더 방송을 내보내면 법적 조치를 가하겠다고 했단다. 정 PD는 이런 소식을 전해주며 분을 삭이지 못하고 씩씩거렸다.

영사가 마르티니크에 왔다니 날 만나고 돌아갈 게 뻔했다. 생각만해도 지긋지긋했지만 그렇다고 죄인인 나는 딱 잘라 거절할 수도 없는 처지였다.

예상한 대로 보호감찰관으로부터 연락이 왔다. 내키지 않았지만 영사와의 만남을 받아들였다. 소식을 들은 은혜 씨가 같이 가겠다고 했다. 그리고 보호감찰관이 있는 자리에서 만나는 조건을 내걸었다.

6월 19일 오후 한 시경이었다. 나는 은혜 씨 부부와 함께 보호감찰관 사무실로 향했다. 그곳에는 이제껏 만난 영사가 아닌 영사가 서기관과 함께 우리를 기다리고 있었다. 은혜 씨는 영사와 서기관을 보자마자 세모눈을 하고 노려보았다. 대사관이 서류를 제때 전해주지 않았다는 기막힌 소식만 듣지 않았어도, 그들과 만나는 게 반갑고 기뻤을 것이다. 이곳에 있는 동안 한글로 쓰인 글자만 보아도 반갑고 가슴이 뭉클해지는 나였다. 하물며 프랑스에서 한국인을 보호해주는 대사관 사람들이니 보호감찰관보다 더 믿고 의지해야 할 사람들이 아닌가. 그러나 나는 더 이상 그들을 믿지 않았다. 아니, 믿을 수 없었다. 그런 사실마저 싫었다.

우리는 사무실에서 멀지 않은 중국식 레스토랑으로 자리를 옮겼다. 아침도 걸렀지만, 음식을 보고도 식욕이 생기지 않았다. 밥을 먹었다가는 체할 것만 같았다. 음식이 나왔지만 젓가락을 들었다 놨다만 했다.

이런 시간이, 이런 현실이 안타깝고 맘이 아팠다. 왜 서로가 눈치를 보고 경계를 해야 하는지…. 모든 게 다 내 탓이었다. 내가 죄를 짓고 여기 있지 않았더라면 모두가 불편한 이런 면담은 없었을 텐데….

한참 동안의 적막이 흐르고 어색한 대화를 나누기 시작했다. 그래도 다행히 은혜 씨 부부가 곁에 있어주니 든든하고 위로가 됐다.

"그래, 교도소에서는 참선 좀 많이 했어요?"

깜짝 놀란 건 나뿐만이 아니었다. 은혜 씨도 식사를 하다 말고 어처구니없다는 듯 영사의 얼굴을 쳐다보았다. 영사는 말을 이었다.

"교도소에 계셨으면 벽 보고 참선도 하고 명상도 하고 그러는 거 아니에요? 저지른 죄도 좀 뉘우치고…."

"아니, 교도소에 있는 것도 힘든데 무슨 벽을 보고 있어요?"

은혜 씨가 대차게 대꾸했다. 영사는 투정 부리는 사춘기 아이를 달래는 듯 껄껄 웃었다.

"아이고, 우리가 장미정 씨 걱정을 얼마나 많이 했는데 그러면 안 되지."

그나마 만지작거리던 젓가락을 내려놓았다. 짐작은 했었다. 굳게 마음먹고 나왔는데 그래도 비수를 꽂았다. 치욕스러웠다. 내가 무죄라고 주장하고 싶었던 건 아니다. 하지만 내 억울함, 이곳에서 겪은 부당함, 내가 처한 상황을 그들은 조금이나마 귀 기울여 줄 거라고 생각했다. 그게 지난 시간 꼬박꼬박 세금을 내고, 한 사람의 국민으로서 떳떳하게 살아온 나에 대한 정당한 대가라고 생각했다. 하지만 나는 그들 앞에서 그저 골치 아픈 죄인일 뿐이었다. 은혜 씨도 젓가락을 내려놓고 영사를 쏘아보았다. 영사는 아랑곳하지 않았다.

식사를 마치자 영사는 나를 집에 데려다주겠다고 했다. 은혜 씨 부부는 학교 수업이 있어 먼저 일어났다. 영사의 차는 무척 고급스러워 보였다. 번쩍번쩍 광택이 났다. 멀리 마르티니크에 오는 김에 기분 좀 내려고 일부러 좋은 차를 빌렸다고 했다. 차 안에서는 좋은 향기가 났고, 좌석은 무척 편했다. 도로를 달리는 동안에도 소음도 진동도 전혀 느껴지지 않았다. 이렇게 좋 차에 탔는데 왜 이리 가시방석 같은지…. 집 근처에서 음료수 두 병을 사더니, 던져주듯 떠안기고 가버렸다. 그렇게 영사가 탄 차는 먼지를 날리며 멀어져갔다.

음료수를 내려다보니 병 표면에 뭔가가 붙어 있었다. 더운 날씨 탓에 차가운 음료수 병에 물기가 맺혀 있었다. 거기에 50유로 두 장이 붙어 있었다. 손이 부들부들 떨렸다. 가는 순간까지, 끝까지 사람을 이렇게… 말문이 막혔다. 왠지 비참하고 나 자신이 밥벌레가 된 기분이었다. 나 하나로 인해 많은 사람들이 애를 쓰고 힘들어하고 있다는 생각, 내가 모든 이들에게 짐이 되었구나 하는 생각에 가슴이 무너졌다. 눈물만 나온다. 힘든 하루, 힘든 만남이었다.

프랑스에서 와 교도소에 있으면서 수면제와 우울증 약을 계속 먹었지만 차도는 없고 용량만 늘기만 했다. 우울증이란 게 정말 무섭다. 순간적이고 충동적인 감정을 다스리지 못하기 때문이다.

그 길로 약국으로 달려갔다. 그동안 일해서 모아놓은 돈을 주고 수면제를 달라고 했다. 그간 모았던 수면제의 양과는 비교도 안 될 정도로 많은 양이었다. 수면제를 기다리는 순간에도 흐르는 눈물을 참느라 이를 악물어야 했다. 약사가 건네주는 수면제를 받자마자 집으로 곧장 달려왔다. 그리고 영사가 준 돈을 다리미로 다렸다. 돈은 음료수 통의 물기와 내 땀에 젖어 구깃구깃해져 있었다.

'반드시 돌려줄 거야. 절대로 이런 돈은 받을 수 없어.'

그 생각밖에 나지 않았다. 그러고는 또 바보 같은 짓을 하고 말았다.

병원 중환자실에서 눈을 떴다. 정말이지 죽는 것도 내 마음대로 되지를 않는구나. 처음이 아니었기에 보호감찰관의 걱정이 컸다. 내 팔에는 링거가 꽂혀 있었고, 위세척은 이미 끝난 후였다. 정신이 번쩍 들었다. 또 위험한 짓을 저지르고 말았구나.

"집으로 가고 싶어요."

그러나 보호감찰관은 안 된다고 했다. 병원에서 퇴원을 허락하지 않는다는 것이었다. 소식을 듣고 달려온 은혜 씨가 담당의와 긴 말싸움을 한 끝에 겨우 집으로 돌아올 수 있었다.

보호감찰관은 더 자주 나를 방문했고, 은혜 씨는 거의 우리 집에서 살다시피 했다. 파리에서도, 한국에서도 더 자주 연락이 왔다. 자주 연락이 와서 기뻤지만, 나는 진심으로 걱정해주는 사람들을 실망시키고 세상을 버리려 한 사람이었다. 나 혼자 세상을 살아가는 것이 아니라는 걸 알면서도, 모두들 나를 걱정하고 응원하며 신경 써주고 있다는 걸 알면서도, 또 다시 순간적인 절망감에 소동을 일으키고 말았다. 모두에게 너무 미안했다.

아파트에서 나와 은혜 씨의 집으로 이사를 했다. 방세 때문에 걱정할 일은 없어졌다. 내가 버는 돈으로도 그럭저럭 생활이 가능해졌다. 이전보다 더 열심히 일을 했다. 이곳에 처음 왔을 때, 빵부스러기를 주워 먹던 기억, 배가 고프지만 어디에 하소연할 곳조차 없었던 기억, 외로움에 지쳐 말을 하고 싶은데 돈이 없어서 전화 한 통 걸지 못했던 기억이 스쳐 지나갔다. 이제는 더 이상 혼자도 아니었고, 더 이상 배고프지도 않았다.

은혜 씨의 집에서 우리는 사이좋게 집안일을 나눠 하면서 자매처럼 지냈다. 파리에 있는 변호사가 나를 무료로 변호해 주겠다고 나섰고, 그분이 마르티니크에 와서 체류하는 비용은 KBS에서 대겠다고 했다. 기대 이상으로 순조롭게 일이 진척되고 이렇게 큰 도움을 주는 이들이 있다는 것에 깜짝 놀랐다. 동시에 안 좋은 소식도 들려왔다. 첫 재판 때부터 내 사건을 맡았던 국선변호사가 그간 일한 비용을 청구한 것이었다. 비용은 삼천오백 유로, 한국 돈으로 사백만 원이 넘는 돈이었다.

인터넷 카페에서 모금을 해서 그 돈을 부담하겠다고 했다. 나는 그 돈을 받을 수 없다고 단호하게 입장을 밝혔다. 그 돈을 쓰는 건 나를 더 죄인으로 만드는 것이었다. 게다가 모든 사람들의 정성이 담긴 그 소중한 돈을 고스란히 한국 변호사도 아닌 머나먼 타국 변호사에게 주어야 한다니…. 괴로웠다. 산을 하나 넘고 나면 항상 그 앞에 더 큰 산이 버티고 있는 것 같았다.

하지만 내 의견도 내 의견이지만 카페 회원들의 의견이 가장 중요했다. 내가 좋다, 싫다고 목소리를 높이는 것도 말이 안 되는 것 같았다. 그저 면목 없고 죄책감에 가슴앓이 할 뿐….

남편이 재훈 씨의 빚을 대신 갚게 되면서, 옥탑방으로 이사하고 당장 내일 아침 먹을 밥을 걱정하며 살 때는 누군가 우리에게 도움을 주길 바랐다. 문 앞에 누군가 돈을 주고 갔으면 좋겠다는 생각을 했다. 그렇게만 되면 우리 가족은 행복할 거라고 생각했다. 하지만 터무니 없는 욕심이었다. 눈먼 돈 같은 건 없었다. 그런데 이렇게 죄를 짓고 밑바닥에 굴러 떨어지진 나를 위해 그들은 머나먼 섬 마르티니크에까지 따뜻한 마음과 도움의 손길을 보내오고 있었다. 나를 걱정하고, 나를 위해 싸워주는 사람들이었다. 인터넷 카페 회원들은 같은 한국인으로서 나를 돕고 싶다고 말했다. 무거운 마음으로 그들의 뜻을 받아들였다.

우여곡절 끝에 그 피 같은 돈을 변호사에게 부쳐주었다. 그때 알았다. 남의 도움을 받는다는 게 그저 감사하고 고마워할 것이 아니다. 정말 어렵고 그만큼 어깨가 무거운 일이다. 이런 심정이 카페 회원 분들에게 서운함과 오해를 불러일으킬 수도 있었지만 마음은 착잡하기만 했다. 그날 밤잠을 이루지 못하고 생각에 잠겼다. 공항에서 파리 교도소로, 다시 마르티니크로 끌려다니면서 이해할 수 없고 말도 통하지 않는 상황에서 나는 혼자였다고 생각했다. 내 나라가 나를 버렸다고 생각했다. 죄 한 번 지은 적 없는 평범한 주부인 나를 하루아침에 국제적인 마약사범으로 만들어버린 사람을 저주했다. 그들이 미웠고, 나를 찾지 않는 그들을 원망했다. 하지만 나는 내 모국어로 생각하고, 모국어로 글자를 쓰고, 모국어로 말하는 사람이었다. 어쩔 수 없는 나는 한국인이다. 그리고 이제 알았다. 한국은 나를 버리지 않았다는 것을. 아니, 모든 한국이 나를 버린 것은 아니라는 것을. 한국에는 힘들어하는 이웃에게 선뜻 손을 내미는 사람들도 있었다. 따뜻한 관심으로 지켜봐주고 기꺼이 친구가 되어주는 사람들이 있는 곳. 내가 나고 자란 한국은 그런 곳이었다.

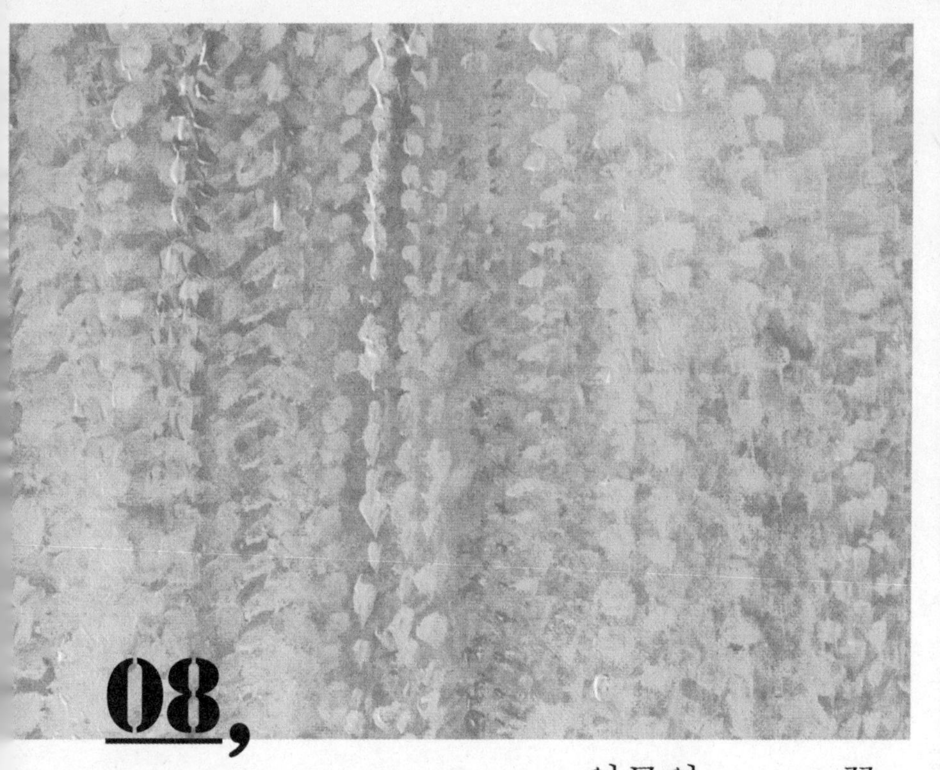

08, 악몽의 끝

파리에서 온 변호사와 함께 본격적으로 재판 준비를 시작했다. 변호사는 나를 만나자마자 내 눈을 바라보며 따뜻한 미소를 지었다. 마음이 놓였다. 나이는 지긋했지만, 사람을 바라보는 눈동자는 청년처럼 빛났다. 말은 통하지 않았지만, 나의 처지를 이해하고 나를 돕고 싶어 하는 진심을 느낄 수 있었다. 의무적으로 사건을 처리하는 국선변호사와는 달랐다. 그는 모든 일에, 특히 나의 일에 매우 의욕적이었다. 거의 날마다 나에게 편지를 보냈고, 내가 나온 신문기사와 자료들을 스크랩해서 보내주었다. 파리에서 처음 붙잡혔을 때 이분을 만났더라면, 이분이 내 사건을 맡아주었다면 어땠을까…? 파리에서 마르티니크로 강제로 옮겨올 때 어디로 가는지도 모르고 끌려가는 일은 없었을 것이다. 석방되고도 내 나라로 돌아가지 못하고 굶주리면서 비참하게 목숨을 이어가는 일도 없었을 것이다. 이제 와 그런 생각을 하는 건 의미 없지만 그만큼 믿음직스럽고 고마운 사람이었다. 지금에라도 이분을 만난 것이 고마울 따름이었다.

생애 최악의 휴가 기간이었지만, 또 한 편으로 생애 최고로 바쁜 휴가 기간이 지나고 있었다. 은혜 씨는 나를 여러 모로 도와주었다. 은혜 씨 덕분에 법정에서 보내온 편지들도 조목조목 다 읽을 수 있었다. 은혜 씨는 정말 고마운 사람이다. 나보다 나이는 훨씬 어리지만 그녀에게서 많은 걸 배웠다. 머나먼 나라로 시집을 와서 공부를 하면서도, 늘 밝고 기운이 넘쳤다. 은혜 씨의 웃음은 옆에 있는 사람도 함께 웃게 만드는 힘을 가졌다. 옆에 있는 사람이 어깨를 기대게 싶게 하는 편안함이 있었다. 학업과 결혼생활을 병행하면서, 나를 도와 법정이며 이곳저곳을 바삐 돌아다니는 게 힘들 법도 한데, 한 번도 힘든 내색을 하지 않았다. 학교 성적도 매우 우수하다고 들었다. 매일매일 고마운 마음, 미안한 마음이 가득했다. 은혜 씨처럼 한국 사람에 대해 좋은 이미지를 갖게끔 열심히 사는 이들도 있는데 난 뭐였나 생각해본다. 한국인들의 얼굴에 먹칠을 하고도 염치없이 많은 한국 사람들에게서 위로와 도움을 받고 있으니….

그 사이 희진 씨가 파리로 이사를 가게 되었다. 그동안 함께 보낸 시간들이 너무 아쉽고 정이 들어서, 가지 말라고 붙잡고 싶었지만, 좋은 일로 이사하는 희진 씨를 떠나보낼 수밖에 없었다. 더구나 이 덥고 지루한 도시에 더 있으라고는 차마 말할 수 없었다. 나 역시 매 순간 벗어나고 싶어 하는 곳인데 말이다.

날씨는 조금 선선해지고 있었다. 여전히 한국의 한여름과 별 차이 없지만, 더위에 지쳐 맥이 풀리는 느낌은 좀 덜했다. 일을 마치고 노래를 흥얼거리며 아파트로 돌아오는 날도 생겼다. 여유가 생겼다. 조금씩 편안해졌다.

법원에서는 소식이 없었고 대신 대사관에서 편지가 한 통 왔다. 지난번에 영사가 준 오십 유로를 돌려보낸 것에 대한 편지였다. 병원에서 퇴원한 후, 은혜 씨를 통해서 대사관으로 그 돈을 돌려보냈다. 영사가 주었던 그 돈 그대로. 영사는 호의를 몰라준다며 서운하다고 했다. 하지만 난 그가 호의를 표현한 그 방식에 더 큰 서운함과 모멸감을 느꼈다. 내가 그들에게 기대하는 건 대단한 것이 아니었다. 절차에 따라 공정하게 일을 처리해주는 것. 이미 죗값을 치른 나를 한국으로 돌려보내주는 것, 그래서 혜인이와 남편의 손을 잡고 내 집에서 살아갈 있게 해주는 것이었다. 그게 그들에게 큰 피해를 주는 일이었을까? 범죄자니까 절대 바라서는 안 될 욕심이었을까? 아니, 난 그렇지 않다고 믿었다. 나와 같이 외국 땅에서 곤경에 처한 국민이 발언의 기회를 묵살당하고 부당한 처우를 받을 때 도와주는 것도 대사관이 해야 할 중요한 업무가 아니었나? 그런데도 그들은 말 한마디 통하지 않는 현지 경찰보다도 더 나를 이해하려고도 하지 않았고 귀찮게 여겼다.

게다가 이제까지의 정황으로 볼 때 그 돈을 받았다면 난 많은 이들에게 실망을 주었을 것이다. 나는 스스로 강해지고 싶었다. 변호사도 그러지 않았던가. 재판을 받기까지는 그 누구도 죄인이라고 할 수 없다고….

물론 내 잘못을 모르는 게 아니다. 이미 나는 얼굴을 들고 다닐 수도 없을 정도로 나 자신이 부끄러웠다. 어딜 가든 내 마음은 떳떳하지 않았다. 하지만 이제는 내가 치러야 할 죗값이 있다면 겸허하게 치르고 떳떳해지고 싶다. 누군가 그랬다. 하늘을 올려다볼 자격이 있느냐고. 나는 이제 땅바닥만 내려다보기 싫다. 먹구름을 보는 것도 싫다. 푸른 하늘, 눈부신 태양만 보고 싶다. 내 눈도 밝은 태양과 맑은 하늘, 빛나는 별을 볼 수 있다는 걸 알아주었으면 좋겠다. 더 이상의 욕심을 갖는다면 정말 나는 나 자신에게도 죄인일 수밖에 없을 것이다.

단지 나는 내 딸이 보고 싶고 내 남편이 보고 싶고, 내 나라로 가고 싶을 뿐이다. 북적이는 시장에 가서 사람들의 온기를 느끼고 싶을 뿐이다. 한국말로 쓰인 간판을 보고 싶을 뿐이다. 내 집의 대문을 열고 들어가고 싶을 뿐이다. 정말 미치도록…. 그것만이 내 희망이었다.

아무런 소득 없이 10월이 다가오고 있었다. 나도 나지만 카페 회원들도 방송국 사람들도 모두들 지쳐가는 눈치다. 대사관에서는 그랬다.

"원래 우리나라 사람들 냄비근성 유명하잖아요. 인터넷에 카페 좀 생겼다고 너무 기고만장하지 말아요. 언제 뒤통수 맞을지 모르니까요. 그때 가서 서운해할 것도 없고요. 그러니까 아무도 믿지 마세요."

부아가 치밀었다. '한국 사람인 게 그렇게 싫으세요?' 하고 묻고 싶었다. 죄를 저지른 나를 욕하는 것은 아프지만 어쩔 수 없는 거였다. 하지만 순수한 의도로 아무 대가 없이 나를 지지해주고 도와주는 사람들마저 싸잡아서 믿지 못할 사람으로 치부하는 것은 어이없었다. 그게 내가 겪은 한국대사관이었다. 대체 어느 나라 대사관인지 알 수가 없다. 그들이 나에게 준 것이라고는 모욕감뿐이었다. 하지만 화가 난다고 해서 누구에게도 이 울분을 말할 수 없다. 혼자 삼키고 마음을 가라앉힌다. 훗날 내가 떳떳해지고 시간이 지나면 아무것도 아니게 될 수도 있을 거라고, 스스로를 위로해본다.

10월 중순이 지나가고 있었다. 법원에서 통지가 왔다. 재판 날짜가 확정되었다. 11월 8일이었다. 막상 재판이 열린다고 하니 담담하기도 하다. 그동안 이 몇 줄의 편지를 받기까지 얼마나 오랫동안 기다리고 절망하고 죽음을 넘나들었던지. 하도 속을 태워서 까맣게 될 지경이었다. 누가 이 마음을 알아줄까.

법원에서 연락이 오자마자 마치 오케이 사인을 기다렸다는 듯, 사람들이 분주히 움직이기 시작했다. 일 분 일 초에도 온갖 일들이 일어나고, 하루에 수십 통의 전화가 걸려왔으며 사람들이 찾아오고 하는 날들이 계속되었다.

정 PD는 혜인이까지 데리고 오겠다고 했다. 혜인이는 이제 겨우 다섯 살이었다. 마르티니크로 오려면 온종일 비행기에 시달려야 할 텐데, 먼 길을 오느라 아프거나 힘들어하면 내가 어떻게 혜인이를 볼 수 있겠는가. 서둘러 정 PD에게 편지를 보냈다.

마음은 고맙습니다. 저도 혜인이가 너무 보고 싶어요. 얼마나 컸는지, 어떻게 지냈는지 만나서 이야기도 나누고 싶어요. 하지만 혜인이는 아직 나이도 어리잖아요. 한국은 겨울이고, 여기는 여름이에요. 온도가 40도, 50도나 되니 기온차가 너무 심해요. 게다가 너무 멀고요. 어린애들은 면역력이 얼마나 약한데요. 아이를 보고 싶은 마음은 굴뚝 같지만, 한국에서 차분하게 만나고 싶어요. 오는 도중에 혜인이가 아파버리면, 전 정말 못난 엄마가 되는 거예요.

하지만 정 PD는 기어이 혜인이를 데리고 11월 6일, 마르티니크로 온다고 했다. 어쩌면 그걸 바란 걸지도 몰랐다. 정말 이기적인 엄마다.

하지만 혜인이가 나에게 온다. 못 본 사이에 훌쩍 커버린 혜인이가 내가 있는 곳으로 온다. 달력을 보니 열흘 남았다. 혜인이와 함께 남편도, 변호사도 함께 온다고 했다. 나중에 알았지만 변호사님은 프랑스에서 상당히 유명하신 분이었다. 스페인 고문 변호사에 언론에도 많이 나오는 분이라고 했다. 그런 분이 작은 나라에서 온 평범한 나를 위해서 변호를 맡아주다니, 이해가 가질 않는다. 황송할 뿐이고 천군만마를 얻은 것처럼 든든했다.

KBS 방송국의 힘이 컸을 것이다. 그리고 방송국과 인연이 된 것도 온갖 방법을 동원해 날 구하고자 뛰어다닌 남편의 노력 덕택이었다. 그동안 남편은 일도 못하고 혜인이도 시누이 집에 맡겨놓은 채, 백방으로 뛰어다녔다고 했다. 하루가 멀다 하고 대사관에 전화를 걸고, 이곳저곳 찾아다니며 사람들을 만나 나의 억울한 사정을 호소했다고 한다. 그리고 그때마다 늘 울었다고 했다. 울지 않은 날이 없었다고 했다. 남편은 대사관으로부터 변호사를 선임하라는 말을 들었을 때 난생처음으로 시누이에게 손을 벌렸다고 했다. 후배로부터 떠맡은 어마어마한 빚을 갚으면서도 가족들에게 힘든 내색 한 번 한 적이 없었는데, 돈을 빌려달라는 남편의 부탁을 받고 시누이는 처음에 무척 놀랐다고 했다. 그래도 변호사 선임을 하기에는 여전히 턱없이 모자랐다.

남편은 공중화장실에 조악하게 붙어 있는 '장기를 구합니다' 광고지를 보고는 그 밑에 적힌 전화번호를 보고, 본인도 모르게 그 번호를 휴대폰에 저장해버렸다고 했다. 그리고 통화버튼을 눌렀다가 끄고, 눌렀다가 끄고를 반복했다고 한다.

생명보험금이 얼마인지, 보상금은 얼마인지도 조회해봤다고 했다. 본인이 죽어서, 보상금을 받을 수 있다면 더 이상 고생하지 않을 거라 생각했단다. 그러나 이제 열흘만 있으면 모든 게 끝난다. 재판 날짜가 잡히고 보니 영화필름처럼 그간의 일들이 다 지나간다. 많은 일들이 있었다. 더 이상의 밑바닥이 없을 정도로 곤두박

질치던 나날이었다. 그러나 결국 견뎌냈다. 장하게도 잘 버텼다. 얼마나 괴로웠던 시간들이었는지…. 재판 용지를 쥔 채 한참 동안 서럽게 울었다.

혜인이와 남편이 오기로 한 11월 6일이 되었다. 새벽녘까지 들뜬 마음에 뒤척이다가 겨우 잠들었는데, 몇 시간 눈을 붙이지도 못하고 금세 깼다. 몸은 피곤했지만 정신은 또렷했다. 은혜 씨 부부와 함께 아침을 먹는데, 입안에 뭐가 들어가는지도 잘 모를 지경이었다. 입안이 버석거리고, 식은땀이 났다. 물을 계속 마셔도, 입안이 바짝바짝 말랐다. 시간이 있으니 천천히 나가도 된다고 은혜 씨가 핀잔을 주었지만 그렇다고 집 안에 가만히 앉아 있는 건 더 못할 짓이었다. 공항에 가서 기다리겠다고, 빨리 가자고 은혜 씨를 재촉하니 은혜 씨는 어린애처럼 들뜬 내 모습이 우스운 모양이었다.

처음 정 PD가 카메라에 담아온 혜인이의 모습을 보았을 때, 너무 마음이 아팠다. 한동안은 수면제를 먹고도 잠을 이룰 수가 없었다. 엄마랍시고 낳아놓고 아무것도 해주지 못했는데, 혜인이는 건강하고 그늘 없이 잘 자라고 있었다. 그런 혜인이를 카메라를 통해 보는 것은 고통스러웠다. 나의 빈자리가 가슴에 사무쳤다. 정 PD가 혜인이가 커가는 모습을 담아 보내주겠다고 했을 때 거절한 건 그 때문이었다. 마음이 아파 최근 사진은 볼 자신이 없었다. 3월에 찍은 사진을 마지막으로 봤으니 벌써 8개월 가까이 어떻게 지내는지, 얼마나 컸는지 보지 못한 셈이었다.

공항에 일찌감치 도착해 두근거리는 가슴을 안고 기다렸다. 벌써부터 눈물이 나온다. 아이에게 자꾸만 우는 모습 보이지 말아야 할 텐데…. 게이트 문이 열린다. 카메라맨이 먼저 나오고 딸아이의 모습이 보였다.

내 눈앞에서 혜인이가 카트를 타고 오고 있었다. 다리가 휘청했다. 흐트러진 모습을 보일 수는 없다. 다리에 힘을 주고 이를 악물었다. 혜인이는 8개월 전과는 또 다르게 부쩍 큰 모습이었다. 혜인이는 낯선 사람을 보는 듯 다가오다 말고 멈춰 섰다.

정신을 바짝 차리고 혜인이에게 다가갔다. 안아주려고 하자, 혜인이는 몸을 뺐다. 본래 혜인이는 남편도 서운해할 만큼 나만 따라다녔다. 자다가도 내가 옆에 없으면 울음을 터트리곤 해서, 꼭 옆에 붙어서 잤다. 그런 혜인이가 이제는 나를 서먹해하고 있었다. 사랑하는 내 딸…. 이 얼굴을 보고 싶어 얼마나 가슴을 쥐어뜯었는지. 그런데 떨어져 있던 시간 동안 엄마는 아이에게 낯선 사람이 되어버린 것이다. 참았던 눈물이 흘렀다. 이 아이를 다시 품에 안기 위해 이를 악물고 구차한 목숨을 부지했다.

"얼마나 보고 싶었는데… 혜인아."

내가 한참을 울자 혜인이는 그제야 내게 다가왔다.

"엄마, 울지 마. 울지 마."

내 얼굴을 빤히 바라보는 것이, 제 어릴 적 기억에 있는 엄마와 비교해보는 모양이다.

"엄마 맞아?"

"응, 그래. 혜인아. 엄마가 미안해."

기가 막힌다. 어릴 적 엄마가 맞는 거냐고 몇 번이고 묻는다. 도대체 이 조그마한 가슴에 내가 무슨 상처를 준 걸까, 내가 무슨 짓을 한 것일까? 그저 미안하다는 말밖에 할 말이 없었다.

"혜인아, 엄마가 미안해. 정말 미안해. 혜인이 외롭게 한 거, 엄마가 다 갚을게. 엄마가 이제 잘할게."

혜인이는 말없이 고개를 끄덕였다. 혜인이 뒤에 서 있던 남편도 눈가를 훔쳤다.

혜인이의 손을 잡고, 많은 이야기를 나누었다. 혜인이도 서먹함이 점점 사라지는지 예전처럼 곧잘 나에게 안기고 웃고 조잘거렸다. 꿈만 같았다. 아니, 긴 꿈을 꾸다가 이제야 깨어난 것 같았다.

그날 저녁, 오랜 비행으로 지친 혜인이는 내 옆에서 곤히 잠들었다. 혜인이가 자는 모습을 가만히 보고 있다가 이불을 찰 때마다 꼭꼭 덮어주었다. 베개도 돋아주면서 새근거리는 숨소리를 듣고 있었다. 어제 거의 잠을 못 잤는데도, 잠이 오지 않았다. 피곤한 줄도 몰랐다. 이제 혜인이가 시집가기 전까지, 아니 시집을 가서도 아이와 함께 나란히 누울 수 있게 된다면 꼭 이 손을 잡고 잠을 자리라고 다짐했다. '사랑하는 내 딸, 이제껏 외롭게 한 거 엄마가 다 갚을게.' 흘러내린 아이의 머리카락을 가만히 쓸어 올려주며 약속했다.

재판 날이 다가왔다. 내 곁에는 따뜻한 눈매를 지닌 변호사와 통역을 해주는 은혜 씨가 있었고, 뒷자리에는 정 PD와 미혜 씨가 있었다. 든든했다. 남편과 혜인이는 오지 못했다. 혜인이를 데리고 이곳에 올 수는 없었다. 오지 말라고 했다. 그래서 남편은 혜인이와 함께 있기로 했다. 재판장에 들어가기 전, 혜인이의 이름을 가만히 불러보았다. 힘이 났다. 그래, 혜인이가 있는데 무서울 게 뭐가 있겠는가. 멀리에서 한국대사관에서 온 영사가 보였다. 은혜 씨가 말해주지 않았다면 아마 몰랐을 것이다. 더 이상 대사관에 대해서는 기대도 않고 신경 쓰지도 않기로 했다.

형식적인 질문들과 검사의 마지막 변론이 끝나고, 이어 우리 측 변호사의 변론으로 재판은 끝났다. 오래 걸리지는 않았다. 판사가 삼십 분간 휴식을 갖겠다고 선언했다. 이 짧은 시간을 위해서 몇 달을 기다렸는지.

삼십 분이 석 달 같았다. 우리는 서로 손을 잡으며 괜찮을 거라고, 괜찮다고 서로를 다독였다. 그래, 더 나쁜 일은 생기지 않을 것이다. 내게 더 이상의 고통은 남아 있지 않을 것이다. 사람이 평생을 살면서 겪어야 할 고통의 절대량이 있다면 나는 지난 이 년간 모두 겪었다. 그 마음으로 삼십 분을 보냈다.

휴식 시간이 끝나자, 판사는 판결을 내렸다.

"장미정 징역 일 년. 하지만 프랑스든 어디든 자유롭게 떠날 수 있다."

망치로 얻어맞은 듯 멍했다. 일 년, 일 년이라고? 지금껏 교도소에서 보낸 기간이 일 년 사 개월, 가석방 후 보호감찰을 받으며 보낸 세월만 팔 개월이었다. 몸과 마음이 망신창이가 되었던 지난 이 년의 시간들은 내가 치러야 하는 죗값의 두 배였다. 여기에 뭐라고 더 말을 덧붙여야 할까?

한국과 마찬가지로 프랑스에서도 모범수에 한해 징역 일 년이면 칠 개월 정도만 징역을 살았다. 나는 모범수였다. 교도소 안에서 누군가와 싸움을 일으키거나 문제를 일으켜 독방을 쓰거나 징계를 받은 적도 없었다.

모든 게 서류 때문이었다. 그 한 장의 서류 때문에 나는 일 년이 넘는 시간 동안 불필요한 고통 속에 내팽개쳐진 거였다. 이미 일 년 전에 내 죗값은 끝나 있었다. 나는 한국에 돌아갔어야 하는 몸이었다. 마르티니크의 무더위 속에서 쥐와 모기에 시달리고 끔찍한 배고픔과 외로움에 몸부림치며 살지 않아도 되었다. 혜인이가 일곱 살이 되기 전에 돌아가 우리 세 식구가 함께 콩나물을 사러, 돼지고기를 사러 시장에 가고, 함께 맛있는 저녁을 먹을 수 있었던 것이다. 내 죗값은 끝났지만, 기가 막혀 기뻐할 수조차 없었다.

변호사는 내 권리를 찾으라 했다. 억울하지 않느냐며, 도와 줄 테니 권리를 찾으라고 했다. 다만 프랑스 교도소에서 사 개월을 더 산 것은 소송을 거는 비용이며 시간을 도저히 감당하기 어려울 테니 포기하고, 가석방 이후 팔 개월에 대해서는 소송하라고 했다. 그때 대사관 직원이 눈에 들어왔다. 밉다. 정말 밉다. 어떻게 이럴 수가 있단 말인가?

프랑스 법정에선 우리 책임이 아니니 한국 정부에게 가서 따지라고 한다. 차라리 내가 교도소에 있었던 만큼 형을 주었다면 이렇게까지 허무하지 않았을 것을….

어쨌든 더 이상 난 죄인이 아니었다. 자유의 몸이 되었다는 사실이 머릿속에 가득 찼다. 이제 더 이상 이곳 프랑스에서 나에게 죄가 있다고, 죄인이라고 손가락질할 사람은 없었다. 물론 한국에서는 나를 어떻게 생각할지 모른다. 가 봐야 알 것이다.

이제 혜인이의 손을 잡고 내 나라로 돌아갈 수 있다는 게 도무지 실감 나지 않았다. 변호사가 고생 많았다는 듯 내 어깨를 두드렸다. 나도 모르게 눈물이 쏟아졌다. 변호사에게 안겨서 한참을 울었다. 보호감찰관도, 은혜 씨도 모두 눈물을 글썽였다. 잘됐다고, 모두들 기뻐했다.

인사하고 싶은 사람, 고마운 사람들의 얼굴이 하나하나 생각났다. 이제야 웃음이 났다. 한 사람 한 사람 모두 만날 것이다. 모두에게 진심으로 고맙다는 인사를 전할 것이다. 인터넷 카페 회원들도 만날 것이다. 가서 큰절을 올릴 것이다. 대사관에서조차 죄인이라는 이유로 외면했던 나를 버리지 않았던 사람들이었다. 누구도 알아주지 못한 내 마음, 지구의 반대편에서 얼굴도 본 적 없는 나를 끝까지 믿어주던 사람들이었다. '고맙습니다, 정말 고맙습니다.' 그들을 떠올리면서 중얼거렸다.

이 년이 넘는 긴 시간 동안 얼마나 기다려왔던가! 하나님, 부처님, 이 세상에 그 모든 신에게 감사했다. 그리고 내가 삶을 포기하려고 할 때마다 신이 날 받아주지 않은 것에도 감사했다.

그곳에 있던 모든 사람들에게 인사를 하고, 축하를 받으며 한참을 울고는 아파트로 돌아왔다. 남편은 그동안 얼마나 걱정을 했는지 다 죽어가는 얼굴이었다. 남편은 판결 내용을 전해 듣더니, 아무 말도 못하고 눈물만 뚝뚝 흘렸다. 남편은 이곳 마르티니크에 나를 보러 두 번 와서 그때마다 울기만 했다. 내 남편이 이렇게 눈물이 많은 사람이라는 걸 정말 몰랐다. 원래 표현을 못하는 성격이지만 그 눈물이 모든 걸 말해주었다. 딸아이를 안고 한참을 울었다. 아이는 아빠가 우는 걸 보고 깜짝 놀라는 눈치다.

"혜인아, 너무 좋아서 우는 거야. 너무 좋아도 눈물이 나는 거야." 혜인이는 아직도 이해가 안 된다는 얼굴이었다. 하지만 언젠가는 알게 되겠지. 혜인아, 이제 엄마는 땅만 보고 걷지 않아도 되었단다. 언제 우리 혜인이를 볼 수 있을까 걱정하면서 울지 않아도 돼. 이제 집으로 갈 수 있어. 우리 세 식구 같이 살 수 있어. 이제 나에겐 더 이상 추락할 곳도 더 이상의 고통도 없을 것이다. 그 어떤 고통도 내 딸을 보지 못하고 가슴을 뜯는 그런 아픔보다는 덜할 것이다. 이제 어떤 일도 덤덤하게 넘길 수 있을 것 같았다.

집으로 가기 위해서는 하나의 관문이 남아 있었다. 여권을 받아야 했다. 그런데 여권을 찾으려면 시간이 상당히 걸린다고 한다. 절차가 그리 간단하지만은 않은 것 같았다. 우리 남편과 딸이랑 같이 갔으면 좋겠는데. 또 나만 남겨지면 어떡하지? 정 PD도, 미혜 씨도 모두 걱정해주고 있었다. 정 PD와 미혜 씨는 계속해서 촬영 때문에 법정을 드나들고 있었다. 숙소에서 기다리는 나는 초조하기만 했다. 원래 절차대로 하자면 여권을 찾는 데 이십 일 정도가 걸린다고 한다. 그동안 일 년이나 더 붙잡혀 있었던 것도 모자라 여권 때문에 한 달 가까이 더 머물러야 한다니. 이대로는 병이 날 것만 같았다.

안 되겠다며 미혜 씨가 나섰다. 미혜 씨가 판사를 만나러 가서는 한참 동안 대화를 했다고 했다. 미혜 씨는 정말 똑똑하고 당찬 사람이다. 보통 사람 같으면 주눅이 드는 법정에 들어가 판사와 독대하고 한참을 대화하고, 막판에는 막무가내로 조르기까지 했단다. 대단한 사람이다. 그러나 나는 여기에서도 미혜 씨 덕분에 행운을 얻었다. 판사의 권한으로 재판 다음 날 여권을 돌려받게 된 것이다. 그 소식에 어린애마냥 펄쩍 뛰었다. 한걸음에 법원으로 달려갔다. 판사는 한참 동안 사무실을 뒤적거리더니, 싱긋 웃으며 내 여권을 가지고 돌아왔다. 초록색 표지에 금박으로 '대한민국'이라는 글자가 적혀 있는 여권이었다. 내 이름과 사진이 들어 있는 내 여권이었다. 그래. 난 어쩌면 잊고 있었던 게 아닐까? 내가 한국인이라는 걸…. 죄를 짓기는 했지만 나는 대한민국 사람이다.

판사에게 허리 숙여 고맙다고 몇 번이나 인사했는지 몰랐다. 누가 빼앗아갈까 봐, 여권을 가슴에 꼭 안고 종종걸음으로 법원을 나왔다.

가슴이 벅차다. 내 신분증을 들고 있으니 나는 더 이상 미아가 아니다. 한 사람의 대한민국 국민으로 돌아온 것이다. 물론 한국으로 돌아가면 당분간은 얼굴을 못 들고 살지 모른다. 하지만 그 또한 어떠하리. 내 나라인데….

지난 2년간 나는 아무도 아니었다. 몸은 프랑스에 있지만 프랑스 사람도 아니었고, 대한민국의 국민이었지만 내 나라에 돌아갈 수도 없는 죄인이었다. 그동안 어디에도 속하지 못한 채 장님으로, 귀머거리로, 벙어리로 살았다.

이제 돌아간다. 내 집으로, 내 가족의 품으로. 기나긴 싸움을 하는 동안 지치기도 많이 지쳤지만 그래도 잘 참았다. 여자로서 참은 게 아니라 한 아이의 엄마로서 참아낸 것이다. 사랑하는 내 남편이 있었고 날 견디게 해준 딸아이가 있었다. 순간순간 망각한 적도 있었지만, 그들이 내가 살아야 하는 이유란 걸 왜 이제야 절실하게 느끼게 되는 걸까?

이제야 찾은 자유로 무엇을 더 해볼까. 내 작은 힘으로 세상을 위해 무엇을 할 수 있을까, 내가 받은 도움과 사랑을 어떻게 돌려줄 수 있을까? 더 이상 나처럼 억울한 사람이 나타나지 않도록 노력하리라. 냉혹한 세상 앞에서 절망에 빠진 사람들에게 말해주리라. 결국 희망은 다시 세상 안에 있다고. 조금은 너그럽고, 조금은 당돌해진 마음이었다. 하지만 여전히 용서할 수 없는 사람은 있었다. 죽는 순간까지 용서하지 않으리라는 마음도 있었다. 그래도 나는 돌아간다. 오랫동안 비워두었던 내 자리로. 이제 맘껏 사랑하고, 베풀고, 화를 내며, 다시 일상으로 돌아갈 것이다. 누구 못지않게 행복하게 살아갈 것이다. 한 남자의 아내로, 한 아이의 엄마로.

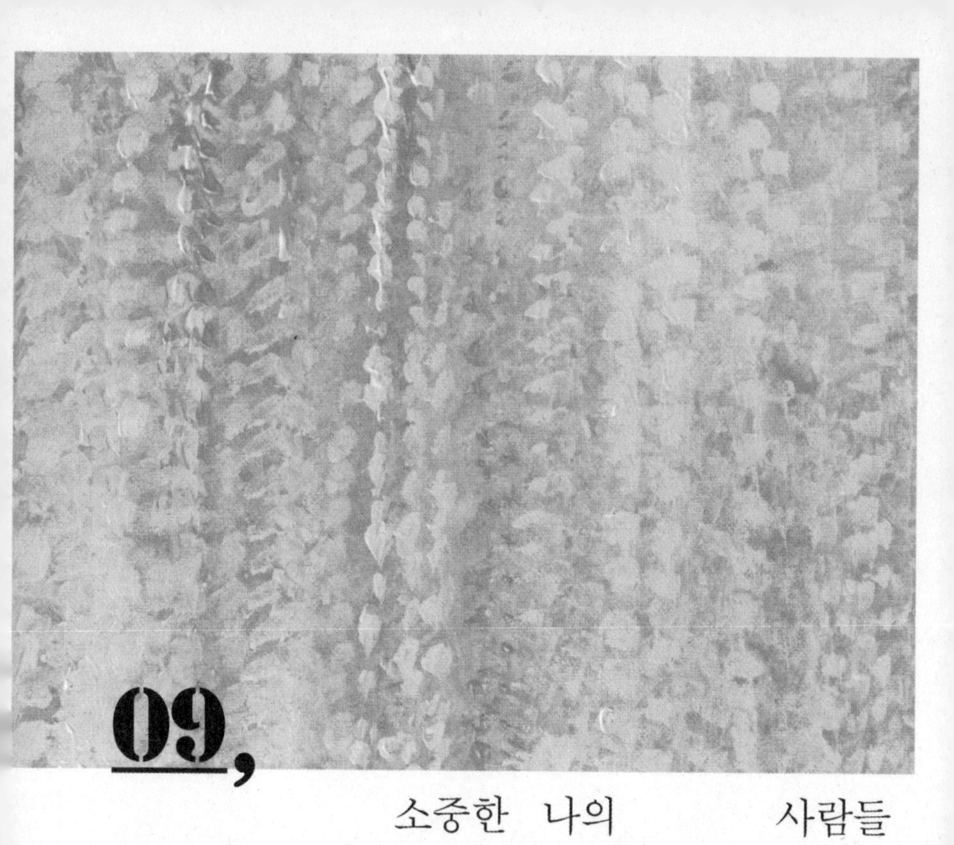

09, 소중한 나의 사람들

한국으로 돌아가는 길이 마냥 순조롭지는 않았다. 마르티니크 공항에서 나를 저지한 것이다. 공항 직원은 내 출국을 거부했다.

"재판을 받은 지 며칠 되지도 않았는데, 벌써 출국이라니요?"

"판사님께 여권을 돌려받았어요. 그게 왜 말이 안 되는 거죠?"

우리는 되물었다. 직원은 우리의 말이 믿기지 않는다는 듯, 사무실로 오라고 했다. 우리가 보는 앞에서 공항 직원은 판사에게 전화를 걸었다. 판사의 목소리가 여기까지 들렸다.

"내가 허락한 일이에요. 지금 바로 출국시키세요. 내가 책임집니다."

판사는 간결하게 말했다. 고마웠다. 정말 고마운 분이었다. 그제야 직원은 우리에게 가도 된다고 말했다. 이렇게 해서 무사히 비행기에 올랐다. 내 옆에는 혜인이와 남편이 곤히 자고 있었다. 마르티니크에서 파리로 가는 비행기를 타고, 그곳에서 다시 한국으로 가는 비행기를 탔다.

한국으로 가는 길은 멀었다. 참 멀리 돌아왔다. 이곳에 처음 발을 디딜 때는 모든 것이 어리둥절했다. 그저 돈만 받으면 된다는 생각만으로 가득 찼다. 지금은 달랐다. 내 옆에 있는 사람들이 소중하다는 것, 나를 아껴주고 위해주는 사람이 생각보다 많다는 것을 알게 되었다. 그 깨달음을, 한국으로 돌아가는 열두 시간 동안 계속 곱씹고 또 곱씹었다.

한편으로는 부끄럽기도 했다. 프랑스라는 먼 나라까지 가서 알든 모르든 범행을 저질렀고, 나라 밖에서 징역을 살다 온 나였다. 사람들이 나를 보고 나라 망신을 시켰다며 비난을 하면 어떡하나, 걱정도 되었다. 그런 내 걱정을 아는지 모르는지, 입국 심사대 직원은 여권에 도장을 찍어주며 나에게 이렇게 말했다.

"한국에 오랜만에 오시네요?"

나는 말없이 웃기만 했다. 행여나 직원이 나를 알아볼까 봐 고개를 숙이고 서둘러 지나갔다. 죗값을 치렀다고는 하지만 지난 일이 없어지는 것은 아니다. 부끄러워서 얼굴을 들 수가 없었다.

한국은 벌써 겨울이었다. 마르티니크와는 완연히 다른 날씨였다. 공항에서 남편은 미리 챙겨왔던 겨울 외투를 꺼내 나에게 걸쳐주었다. 입국장에는 카메라와 함께 인터넷 카페 회원들이 나와 있었다. 고모들도 함께 있었다. 카페 회원들이 나에게 환영의 뜻으로 태극기를 흔들었다. 가슴이 벅찼다. 그들에게 다가갔다. 너무 보고 싶고 고마운 사람들이었다. 이 마음을 어떻게 전달해야 할까. 내 목숨을 지탱해준 그들에게 어떻게 고마움을 전할까. 비행기 안에서도 계속 고민했지만, 막상 그들을 만나니 나오는 건 눈물뿐이었다.

공항을 오가는 사람들은 다행히 날 알아보지 못하는 것 같았다. 겨우겨우 마음을 진정시킨 나는 방송국 카메라 앞에서 이렇게 말했다.

"이젠 할 말은 좀 하고 살아야 할 것 같아요."

아마도 다른 국가기관들은 내가 돌아오자마자 공항에서 인터뷰랍시고 내뱉은 이 말이 어이없게 여겨졌을지 모르지만, 그때 내 심정은 그랬다. 누구에게 싫은 소리 한번 한 적 없고, 나라에서 무언가를 한다고 하면, 무조건 그러려니 하고 생각했던 나였지만, 이제는 달랐다.

그동안 우리 집은 이사를 했다고 한다. 외국에서 옥살이를 하는 나의 뒷바라지를 하느라 돈이 많이 들기도 했을 것이다. 방송국에서는 우리 가족을 집까지 태워주었다. 창밖으로 한국어로 쓰인 간판들이 보였다. 익숙한 거리 풍경에 목이 멨다. 사람들이 추운지 몸을 잔뜩 웅크리고 종종걸음으로 걷고 있었다.

"여기 한국 맞지?"

옆에 앉은 남편에게 연신 물었다. 그때마다 남편은 웃으며 내 손을 잡고는 고개를 끄덕였다. 지나가는 사람을 붙잡고 아무 말이라도 건네보고 싶었다. 여기선 내가 누구에게 무슨 말을 해도 다 알아듣는, 우리나라였다.

집은 엉망이었다. 그전에 살던 곳보다도 더 좁았다. 내가 쓰던 살림살이들이 절반은 줄어든 것 같았다. 힘든 이사를 혼자 하고 외롭게 지냈을 남편이 안쓰러우면서도 정작 내 입에서 튀어나온 말은 엉뚱한 말이었다.

"집 꼴이 이게 뭐야?"

이내 후회할 말을 뱉고 말았다. 남편은 아무 말도 하지 않았다.

화장실 하나에 방 한 칸짜리 집이었다. 형식적으로 붙어 있는 부엌에서는 음식을 제대로 할 수조차 없었다. 그동안 남편이 어떻게 밥을 먹고 지냈을지 상상이 갔다. 세탁기를 놓을 공간도 없었다. 그동안 빨래는 어떻게 했냐고 물어보니 남편은 말끝을 흐렸다. 아마 제대로 빨지 못한 옷을 입고 다녔던 모양이다. 눈시울이 붉어졌다.

며칠 동안은 정신없는 나날의 연속이었다. 방송국에서는 계속 취재를 왔고, 촬영을 했다. 겨우겨우 우리 가족만 남아 집안이 조용해지자 혜인이가 말했다.

"엄마, 나 고모엄마네로 갈래."

아이는 대전에서 지내던 고모를 엄마라고 부르고 있었다. 마음이 무너졌다. 한국에 돌아오기만 하면 모든 게 해결되리라, 힘들어도 우리 셋이 함께 지내면 불행 끝 행복 시작이라고 생각했던 것은 그저 허울 좋은 나의 꿈이었다.

혜인이가 잠들기 전, 혜인이와 나란히 누워서 이런저런 이야기를 나누었다. 유치원에서 친한 친구는 누구인지, 좋아하는 음식은 뭔지, 어떤 놀이를 할 때 가장 재미있는지 등 이것저것 물어보았다. 혜인이는 피곤하지도 않은지, 조곤조곤 엄마에게 이야기를 들려주었다. 유모차에 앉아 두 다리를 흔들며 혀 짧은 소리로 엄마, 엄마 하던 아기가 훌쩍 커서 내 앞에서 조잘거리고 있다. 혜인이의 이야기를 듣고 있는 시간이 너무나 감사했다. 너무 잘 커준 혜인이에게 고마웠다.

나는 한동안 외출을 하지 않았다. 아니, 집 밖에 나갈 엄두를 내지 못했다. 사람들이 나를 알아볼까 봐 두려웠고, 낯선 사람들과 얼굴을 맞대는 것이 부담스러웠다. 그리운 한국 땅에 도착하기만 하면, 북적이는 시장에도 가고 사람들과 어울려 정답게 이야기도 나누고 싶었는데, 현실은 마음 같지 않았다. 상황이 너무나 달라져 있었다. 그전의 나는 이름 없는 평범한 아이 엄마였지만 지금은 세상에 알려진 죄인이었다. 이미 죗값을 치렀다고는 하지만, 가슴에 주홍글씨가 남은 것처럼 나는 과거의 '선량한 시민'이 아니었다. 며칠 동안 그저 집에서 TV만 보았다. 뉴스와 드라마, 영화를 보면서 한국말로 이야기하는 기자들과 배우들을 물끄러미 보기만 했다.

그즈음 남편은 외교통상부로부터 전화를 한 통 받았다. 그들은 내가 이미 집에 돌아온 걸 까맣게 모르는 모양이었다.

"장미정 씨가 석방되어서 알려드리려고 전화 드렸습니다. 조금 있으면 한국에 도착할 겁니다. 입국 날짜를 알게 되면 저희가 다시 연락드리겠습니다."

어처구니가 없었다. 나는 남편의 전화를 가로채고는 쏘아붙였다.

"여보세요, 제가 장미정인데요, 저 지금 한국에 와 있거든요? 이제 더 이상 우리한테 신경 쓰지 마세요."

그러고는 전화를 끊어버렸다. 참 주제 넘는 짓이었지만, 그때의 내 심정은 말로 할 수가 없었다. 어떻게 그들은 내가 한국에 돌아왔다는 사실조차 모르고 있는 걸까!

돌아온 지 일주일이 지나고 나서야 인터넷 카페 회원들을 만날 수 있었다. 영등포 역에서 우리는 첫 만남을 가졌다. 너무 고마웠고, 감사하다고 인사를 했다. 한국에 머물고 있던 미혜 씨도 함께 참석하여 이야기를 나누었다. 회원 분들의 마음씀씀이가 너무 고마워서 또 눈물바람을 보이고 말았다. 프랑스에 다녀온 이후에도 걸핏하면 눈물이 났다.

그곳에 있던 시간은 나를 변하게 했다. 눈물이 많아졌지만 생각도 많아졌다. 그리고 사람들의 시선이 두려웠다. 길을 걸을 때면 늘 고개를 숙이고 빠른 걸음을 옮겼다. 시선을 떨구고 거리를 걷다가 가로수며 가로등, 사람들과 부딪치는 일도 잦았다. 마음이 약해진 탓인지 사람들의 작은 친절에도 몸 둘 바를 몰라 하고, 기뻐하고 감사했다. 변한 건 나뿐만이 아니었다. 이곳 한국에서도 많은 것들이 바뀌어 있었다. 지하철 노선도가 바뀌고, 버스 노선이 바뀌어 있었다. 복잡해서 혼자서는 대중교통조차 탈 수 없었다.

남편은 건설현장에 나가 일을 했다. 새벽 여섯 시에 나가서 저녁 늦게야 집에 들어왔다. 얼마나 피곤한지 번번이 씻기 전에 잠깐만 눕는다고 하더니 그대로 잠들 때가 많았다. 코를 골며 잠든 남편의 양말을 벗기고, 이불을 덮어줄 때면 코끝이 찡했다. 늘 성실하고 열심히 사는 내 남편. 어려운 형편에도 타국 땅에 갇힌 아내를 위해 헌신적으로 옥바라지를 하며 든든하게 제자리를 지켜준 남편. 고생이란 고생을 다 하면서도 힘들다고 불평 한 번 안하고, 한국에 돌아온 내가 몸과 마음이 다 회복되지 않아 이런저런 짜증을 내고 트집을 잡아도 묵묵히 받아주었다.

습관이 되어 밤에 여전히 잠을 이루지 못할 때면 남편과 혜인이의 자는 모습을 한참 동안 들여다보곤 했다. 그러다 보면 곧 남편이 일어날 시간이 다가오고 있었다. 이른 새벽이면 일하러 가야 했다. 고단하게 잠든 남편이 한 시간이라도, 삼십 분이라도 더 잘 수 있게 시간이 멈췄으면 했다. 째깍째깍 움직이는 시곗바늘이 원망스러웠다.

그런데 그렇게 쉬지도 않고 일하는 남편이 지난달부터 월급을 받지 못했다고 했다.

"아니, 일을 그렇게 하는데 왜 돈을 못 받아?"

남편은 모르겠다고만 했다.

돈이 떨어진 우리는 시장에서 파는 오천 원짜리 봉지쌀을 사다가 먹었다. 반찬이랄 것도 없어서 간장에 밥을 비벼서 세 끼를 해결했다. 어른스러운 혜인이는 그 밥을 군말 없이 먹었다.

결국 남편의 상사가 직원들의 두 달치 월급을 들고 도망가는 사태가 벌어졌다. 그렇게 당하고도 또 이런 일들을 겪다니…. 막막했다. 인터넷 카페 회원들은 어떻게 지내는지 보고 싶다고, 만나서 밥도 먹고 이야기도 나누자고 연락을 해왔지만 나갈 수가 없었다. 집에 일이 있어 그렇다며 다음 기회에 보자고 얼버무렸지만, 당장 차비가 없어서 꼼짝도 할 수 없는 처지였다. 편한 사람들을 만나 허심탄회하게 이야기를 나누고 싶었지만, 그것도 내 욕심이었다. 수입이 끊어진 마당에 우리 세 식구 다음 끼니가 걱정이 되어 누군가를 만날 여유가 없었다. 여전히 나를 잊지 않고 관심을 가져주는 그 사람들에게 고맙다는 말도 제대로 하지 못했다.

남편은 낮에는 건설현장에서 일을 하고, 밤에는 대리운전을 했다. 그래도 형편은 쉽사리 나아지지 않았다. 집에는 늘 돈과 먹을 것이 부족했다. 하루는 혜인이가 전에 없이 칭얼대기 시작했다. 딸기가 먹고 싶다는 거였다.

"응, 알았어. 혜인아, 기다려."

그렇게 말하고는 주머니를 뒤져보았다. 백 원짜리 동전 두 개가 나왔다. 당시 딸기 한 팩에 이천 원이었다. 천팔백 원만 있으면 혜인이 딸기를 사줄 수 있다는 생각에, 온 집안을 뒤지기 시작했다. 싱크대 서랍, 책장 선반을 더듬고 예전에 입던 잠바와 바지 주머니까지 다 뒤집어보았다. 땡전 한 푼 없었다. 나는 혜인이에게 집에 좀 있으라고 하고는, 버스 정류장과 골목골목을 돌아다녔다. 혹시 떨어진 돈이 있을까 싶어서였다. 물론 있을 리가 없었다. 한참을 헤매다 집에 들어가자 혜인이는 환하게 웃으며 나를 반겼다.

"엄마, 딸기는?"

어떻게 말해야 할지 몰라 한참을 망설였다. 그리고 이렇게 말했다.

"응, 혜인아. 아빠 오실 때 사오라고 할게. 조금만 참자."

하지만 딸기를 먹을 수 없다는 것을 눈치 챘는지 혜인이는 서러운 울음을 터트리고 말았다. 아이의 울음소리가 내 가슴을 갈기갈기 찢어놓았다. 무능한 엄마였다. 2년 동안 얼굴 한 번 비추지 않고, 매일 밤 하나밖에 없는 딸이 엄마를 그리워하며 울다 잠들게 하더니, 기껏 한국에 돌아와서는 이천 원짜리 딸기 하나도 못 사주는 못난 엄마였다.

그때였다. 혜인이의 고모가 우리 집을 찾아왔다. 혜인이가 걱정되어 들렀다고 했다. 혜인이는 고모엄마가 왔다며 뛸 듯이 기뻐했다. 시누이는 우리 집 냉장고를 열어보더니, 한숨을 내쉬었다. 반찬은 뭘 해서 먹고 있냐고, 혜인이가 뭘 먹고 지내는 거냐고 물었다. 내가 대답 없이 눈길을 피하자 시누이는 눈물을 글썽였다.

"어쩌다 이런 집구석에 시집와서… 미안해, 혜인엄마. 돈 많은 집에 시집갔으면 이런 고생은 안 해도 됐을 텐데…. 미안해, 정말 미안해요."

시누이는 이렇게 말하고 한참을 울었다.

"혜인이는 내가 다시 데려갈게."

고개를 숙이고 있던 나는 화들짝 놀라 "네?" 하고 시누이를 바라보았다. 또 다시 혜인이와 떨어져 지낼 수는 없었다.

"아무리 그래도 한창 클 나이인데 혜인이는 잘 먹여야 되지 않겠어?"

나는 입술을 깨물었다. 맞는 말씀이었다.

"형편이 닿으면 언제든지 다시 데려가. 안 그래도 우리 집에서 유치원도 다녔으니까 근처에 친구들도 있고. 혜인인 당분간 우리가 잘 데리고 있을게. 언제든지 데려가. 보고 싶으면 언제든지 내려오고. 알았지?"

나는 고개를 끄덕였다. 입이 열 개라도 할 말이 없었다. 엄마라는 사람이 아이 하나 제대로 못 거둬 먹이면서 옆에 끼고 있으려고

만 했다. 잘못이었다. 큰 잘못이었다.

사람들은 우리 형편이 궁하다고 하면 말도 안 된다며 괜히 엄살을 부린다고 생각했다.

"에이, TV에도 나가고, 카페에서 돈도 받았다며? 돈 좀 벌지 않았어?"

그런 걸로 정말 돈을 모았으면, 피눈물을 흘리며 혜인이를 대전으로 보내는 일은 없었을 것이다. 많은 사람들은 내가 TV프로그램에 출연했다는 사실만으로도 큰돈을 벌었을 거라고 오해하고 있었다. 인터넷 신문의 내 기사에는 '돈 좀 만졌겠네'라는 댓글도 간간이 보였다. 그게 보기 싫어서 인터넷도 끊어버렸다. 사람들은 내 말을 믿지 않았다. 내가 아무리 아니라고 해도 귀 담아 듣지 않았다. 카페 회원들이 모금해서 보내준 돈은 고스란히 국선변호사의 수임료로 들어갔고, 우리 가족이 개인적으로 쓴 적은 단 한 번도 없었다. 함부로 쓸 수 없는 돈이었다. 그중에는 초등학생, 중학생들이 용돈을 모아서 보낸 돈도 있었다.

우리 가족의 기막힌 사연을 알아주고 도와준 방송국에는 언제나 고마웠다. 지금도 너무 고마운 사람들이다. 우리 가족이 다시 만날 수 있도록 비행기 값도 지원해주고 나에게 실질적인 희망을 안겨준 분들이었다.

우리의 곤궁한 형편을 아는 사람들도 이렇게 쉽게 말하곤 했다.

"억울하게 형 살았던 거 나라에 소송해. 보상 받으면 꽤 나올걸."

믿어주건 말건 나는 더 이상 언론의 주목을 받고 싶지 않았다. 아니, 나는 상관없었다. 하지만 조금 있으면 우리 혜인이가 학교에 가게 된다. 사람들이 혜인이를 보며 죄인의 딸이라고 색안경을 쓰는 것은 원치 않았다. 행여나 내 아이가 스스로 죄인의 딸이라고 기죽어 지낸다면 나는 견딜 수 없을 것 같았다.

일주일에 한 번씩 혜인이를 보러 대전에 내려갔다. 혜인이는 나와 함께 명랑하게 웃고 떠들다가도 문득문득 "옛날 우리 엄마 맞지?" 하고 몇 번이고 확인했다. 맞다고 해도, 똑같은 걸 자꾸만 물어보았다. 혜인이의 마음속에 엄마는 어느 날 갑자기 사라질 수도 있는 존재인지 몰랐다. 아직도 나는 혜인이에게 완전히 돌아오지 않았는지도 몰랐다. 나는 죄를 지었고, 형을 살았다. 그럼 됐다. 쉽게 돈을 벌 수 있다는 데 혹해 하나뿐인 딸을 다른 사람에게 맡겨 놓고 타국으로 떠난 것은 내가 평생 내 딸에게 갚아야 할 죄였다.

그렇다고 해서 내가 주어진 형량보다 더 살고 돌아온 게 억울하지 않다는 뜻은 아니다. 나의 억울함을 돈으로 보상받고 싶지는 않은 것뿐이다. 내가 절박하게 도움을 필요로 할 때 손 한 번 내밀어 준 적 없는 대사관과 옳고 그름을 따지면서 맞서고 싶지 않았다.

내 운명을 결정지을 재판 서류를 누락시킨 것도 모자라 교도소에서 참선은 많이 했느냐는 질문 하며, 음료수에 끼워 쥐어준 지폐 두 장으로 내게 모멸감을 준 그들과 진흙탕 같은 싸움을 하고 싶지 않았다. 교도소에서 한국대사관에 서류 한 장을 부탁하는 것도 그토록 힘이 들었는데, 힘없는 내가 소송이라니 당치도 않다.

그동안 몇몇 카페 회원들이 집에 들러주기도 하시고, 먹을 것도 갖다주었다. 그 따뜻한 배려가 얼마나 소중했는지 모른다. 남편은 조금씩 돈을 벌어왔다. 그 돈으로 방세도 내고 쌀도 사먹을 수 있게 되었다. 혜인이를 데리고 있는 시누이에게 한 달에 십만 원씩 부쳐주기도 했다. 늘 곁에 있지 못하는 건 프랑스에 있을 때나 지금이나 마찬가지였지만, 그래도 지금은 언제든 만나러 갈 수 있었다. 얼마나 다행인지. 얼마나 큰 기쁨인지.

걱정이 생겼다. 프랑스에서 가져온 수면제가 바닥난 것이었다. 한국에서 산 수면제는 아무리 먹어도 잠이 들지 않았다. 잠이 오지 않아 어둠 속에 가만히 누워 있으면 늘 프랑스에서의 기억이 떠올랐다. 정확히 말하면, 교도소에서의 생활이 하나둘 떠올랐다. 좋은 기억이라곤 없었다. 아침마다 막대기로 철창을 부딪치며 수감자들을 깨우던 소리, 철창문을 열고 닫는 소리, 밤에 자물쇠를 채우던

소리…. 그런 생각을 하다 보면 어느새 식은땀이 났다.

정치범으로 이십여 년을 감옥에서 보낸 어떤 사람은, 출감하여 집으로 돌아가고 나서도, 방 안에서만 지낸다고 했다. 갇혀 있는 것이 익숙해져서, 이제는 어디든 갈 수 있는 자유의 몸이 되었는데도 혼자서는 밖으로 나가지 못한다고 했다. 그를 만난 한 기자는 이렇게 말했다. 스스로를 방이라는 감옥에 묶어놓은 사람 같았다고. 젊은 시절의 그는 민주화 운동의 선봉에 섰고, 경찰들의 수사망을 피해 동에 번쩍 서에 번쩍 옮겨 다니면서 밥을 먹고, 잠을 잤다고 했다. 많은 사람들을 이끌고 앞장서서 활동을 했다고 했다. 하지만 지금은 누군가 밖으로 나가자고 하면, 깜짝 놀라면서 그래도 되냐고 묻는 무능한 사람이 되어 있더라고 했다.

고작 이 년을 감옥에서 보냈지만 나 역시 꿈에서는 여전히 교도소로 돌아가 있었다. 교도관이 짓궂은 웃음을 흘리며 내 가슴을 만지려고 손을 뻗는다. 소스라치게 놀라서 일어나보면 우리 집이었다. 남편은 옆에서 곤히 잠들어 있었다. 그때마다 시계를 들여다보면서 몇 시간이나 잤는지 계산을 해보고 다시 침대에 누웠다. 한번 깨고 나면 잠은 다시 오지 않았다. 그래도 여기는 한국이었다. 일주일에 한번은 혜인이를 보러 갈 수도 있었고, 내 옆에는 듬직한 남편이 있었다.

그러던 중 둘째를 가졌다. 먹는 것마다 체하고 속이 안 좋기에 병원을 찾았더니, 임신이라고 했다. 혜인이에게 동생이 생기는 일이니, 축복받을 일이었다. 하지만 당장 내일 먹을 끼니를 걱정하는 우리 부부에게는 기쁨보다 걱정이 앞섰다. 망설이며 고민을 하고 있는 동안, 입덧은 점차 심해졌다. 먹고 싶은 것이 갈수록 많아졌다. 그러나 하나밖에 없는 딸도 시누이가 보살펴주고 있는 마당에 아이를 또 낳아 키울 여력은 없었다.

남편은 아기에게는 미안하지만, 지우는 게 어떻겠냐며 조심스럽게 내 눈치를 살폈다. 그동안 병원에서 정기적으로 아기의 상태를 점검해볼 여력도 없었다. 산부인과 검진은 비용이 너무 부담스러웠다. 산부인과에 전화를 해서 낙태 비용이 얼마나 드는지 물었다. 오십만 원에서 육십만 원 정도가 든다고 했다. 가슴이 답답했다. 수중에는 단돈 만 원도 없었다.

고민을 하는 사이에 다섯 달이 훌쩍 지났다. 남편이 어렵사리 구해놓은 돈을 들고 산부인과로 향했다. 아기를 가지고 나서 처음으로 찾는 산부인과였다. 산부인과에서는 초음파 검사를 하자고 했다. 아기는 손가락도 열 개, 발가락도 열 개였다. 우렁찬 심장소리도 들렸다. 아기는 매정한 엄마아빠의 마음을 아는지 모르는지 기운차게 살아가고 있었다. 의사 선생님은 머리가 예쁜 공주님이라고 했다. 공주님이라는 말에 눈물이 났다.

"아기를 지우고 싶어요."

어렵게 의사 선생님께 말을 꺼냈다. 의사 선생님은 심각한 얼굴로 나를 바라보더니 고개를 저었다.

"지울 수 없는 건 아닌데…. 현재 산모의 건강상태가 좋지 않아서 위험해요. 까딱하다가는 목숨을 잃을 수도 있어요. 아기는 하늘이 준 선물이에요. 나쁜 마음 먹지 마시고, 한번 잘 키워보시는 게 어때요?"

의사 선생님이 말했다. 그리고 수술은 해주지 않겠다고 했다. 너무 위험하다고 했다. 무거운 몸으로 병원을 나섰다. 집으로 돌아오는 지하철에서 교복을 입은 학생 한 명이, 자리를 양보해주었다. 오개월이라 아직 배가 많이 나오지 않았는데, 티가 나기는 나는 모양이었다. 학생에게 고맙다고 인사를 했다. 옆에 앉아 있던 할머니는 몇 개월이나 됐냐고 물으셨다. 오 개월이라고 하니 할머니는 흐뭇하게 미소를 지으며 잘됐다고 하셨다. 우리 부부만 빼고 모든 사람들이 아기의 탄생을 축복해주고 있었다. 정말 아기는 하늘이 준 선물이기는 한 모양이었다.

집에 돌아와 배에 손을 얹고 말했다.

"엄마가 딴마음 먹어서 미안해. 앞으로 잘 지내보자."

하지만 둘째를 가졌다는 사실은 누구에게도 알리지 않았다. 어려운 형편에 둘째를 가졌다는 게 창피하게 여겨졌다. 그보다 나를 걱정해주는 사람들이 부담을 갖지 않길 바랐다. 인터넷 카페 회원들에게도, 그토록 악몽 같은 시간을 함께해준 미혜 씨에게조차 알리지 않았다.

그 뒤로 산부인과에 다시 가지 않았다. 달마다 검사를 받아야 한다고 했지만, 그럴 만한 돈이 없었다.

혜인이의 생일이 다가오고 있었다. 생일 전날, 비싼 건 아니지만, 평소에 혜인이가 갖고 싶어 하던 선물을 미리 사다놓고, 아침 일찍 대전에 내려가는 표를 예매하고 잠자리에 들었다. 배가 아파서 깼을 때는 아직 날도 밝지 않은 새벽이었다. 이불이 축축하게 젖어 있었다. 양수가 터진 것이다. 예정일은 두 달이나 남아 있었다. 남편은 허둥지둥 나를 태우고 병원으로 갔다. 근처에 큰 병원이 있었지만 큰 병원은 치료비가 많이 들어서, 좀 거리가 있는 구리의 개인병원으로 갔다. 나를 본 의사는 남편을 찾았다.

"아기와 산모가 위험합니다. 빨리 수술을 해야 해요. 보호자 분 어디 계시죠?"

"네, 빨리 수술해주세요. 제발 우리 애기랑 애 엄마 좀 살려주세요."

남편은 울 듯한 얼굴로, 수술 동의서에 서명을 했다. 곧바로 수술실에 옮겨져야 하는데 내 진료기록이 없었다. 처음 온 병원이니 진료 기록이 있을 리가 없었다. 의사는 재빨리 혈액검사를 하고는 나를 수술실로 보냈다.

2007년 9월 7일, 새벽 네 시 구 분에 우리 천사가 태어났다. 팔 개월 만에 태어나서, 다른 아기들보다 몸도 작았다. 고작 2킬로그램이었다. 인큐베이터에 들어가야 한다는데, 우리 부부는 돈이 없어서 그렇게 하겠다고도 못했다. 하지만 다행히 아기는 잘 버텨주었다. 고마운 일이었다.

혜인이가 어느덧 초등학교에 입학을 할 나이가 되었다. 우리 부부는 어찌되었던 혜인이를 데려오기로 했다. 집도 좁고, 돈도 없지만 우리는 이렇게 네 식구가 되었다.

좋은 소식이 들려왔다. 미혜 씨가 프랑스에서 귀국을 한다고 했다. 잠깐 들르는 게 아니라, 아예 돌아오는 거라고 했다. 나를 취재하러 왔던 정 PD와 결혼을 하게 되었다는 게 아닌가. 인연인 사람과는 붉은 실로 연결돼 있다는 옛말이 생각나 혼자 웃었다. 파리에 있던 미혜 씨의 붉은 실은 지구 반대편에 사는 정 PD에게 묶여 있었던 모양이다.

혜인이는 미혜 이모를 잘 따랐다. 미혜 이모를 다시 보게 됐다며 좋아했다. 미혜 이모가 사준 책가방을 이리저리 매 보면서 거울에 비추어 보고, 가방 안에다 그림책을 넣고 방안을 누비며 돌아다녔다. 보기만 해도 흐뭇했다.

두 사람의 결혼식 날짜가 다가오던 어느 날, 미혜 씨는 할 말이 있다며 나에게 만나자고 했다.

"인연이라는 게 참 생각지 않은 데서도 생기기도 하는 것 같아요. 그래서 말인데⋯."

미혜 씨는 나에게 축사를 부탁했다. 나는 기겁을 하고 손사래를 치면서 거절을 했다.

"내가 무슨⋯. 나는 말주변도 없고 절대로 못해요."

그러나 미혜 씨는 끈질기게 부탁을 했다. 결국 더 거절할 수가 없었다.

결혼식 당일, 아침 일찍부터 일어나서 옷장 문을 죄다 열고, 옷이란 옷은 다 꺼냈다. 남편은 결혼식을 올리는 신부가 당신이냐며 그만 호들갑을 피우라고 핀잔을 줬지만, 신경 쓰지 않았다. 내가 그토록 삶을 포기하고 싶던 시절 나를 도와준 두 사람의 결혼식인데 아무 옷이나 대충 걸치고 갈 수는 없었다. 결혼식이 시작되었다. 축사의 순서가 되어서 앞으로 나가 마이크를 건네받았지만 내가 무슨 말을 했는지 기억나지 않았다. 모두의 축하를 받으며 결혼식장에서 나란히 퇴장하는 두 사람, 이제 막 부부가 된 둘을 보자 눈물이 흘렀다. 프랑스에서 희망을 잃어버리고 헤매던 나를 도와준 두 사람이었다. 두 손을 모으고, 둘의 행복을 간절히 빌었다. 힘든 시간이었지만 이렇게 고마운 인연은 이렇게 내게 남았다.

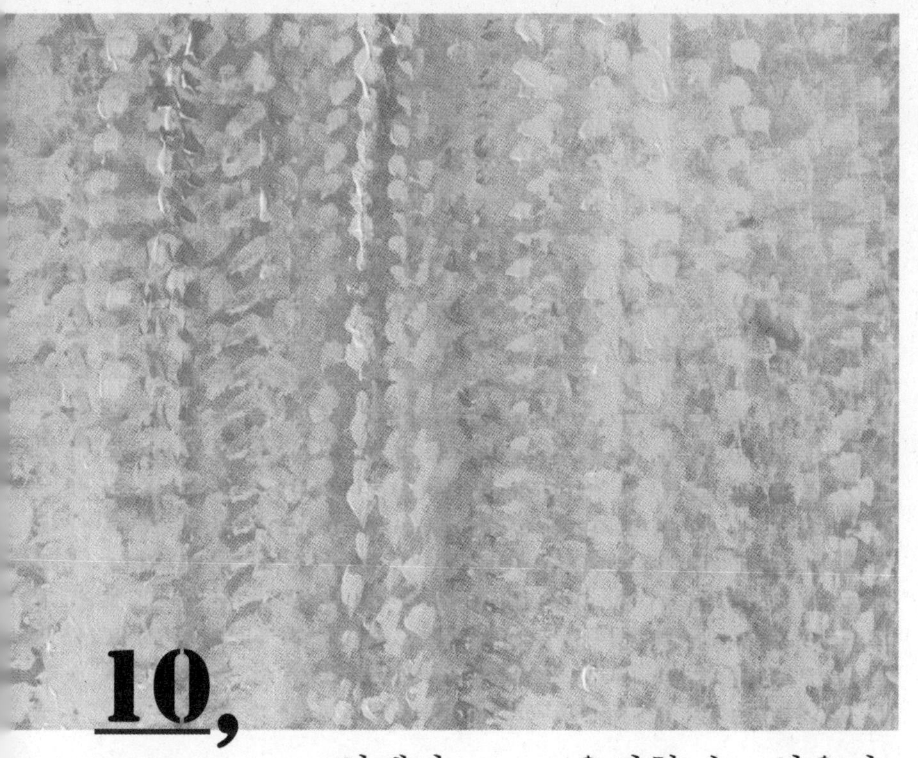

10, 언제가 용서할 수 있을까

시간이 흘렀다. 혜인이는 학교생활에 적응해가고 있었고, 둘째는 무럭무럭 잘 자라주었다. 엄마 마음고생을 시킨 게 미안한 건지, 고맙게도 무던하게 잘 자라주었다.

몇몇 신문사와 잡지사에서 취재 요청이 왔지만 모두 거절했다. 사실 지치기도 했다. 기자들 중에는 내 이야기를 잘 듣고, 정확하게 기사를 써주는 사람도 있었지만, 아닌 사람도 많았다. 많은 사람들이 객관적인 상황보다는 내 개인의 불행과 가난을 부풀려 썼고, 나를 한없이 가련하고 불쌍한 사람으로 포장하거나 더 큰 죄인으로 만들었다. 그런 기사들은 나뿐만이 아니라 내 가족에게도 큰 상처를 주었다. 그 사건에 대한 사람들의 관심은 이제 사양하고 싶었다. 하지만 그런 나도 한 가지 요청에는 거절을 할 수 없었다.

영화기획사에서 서 PD라는 분이 찾아왔다. 처음 봤을 때부터 참 착한 사람이구나, 라고 생각했다. 정 PD에게 내 연락처를 물어서 찾아온 모양이었다. 내 이야기를 영화로 만들고 싶다고 했다. 그 말을 듣고 한참 고민했다. 서 PD는 마음이 따뜻한 사람이었다. 지난날의 이야기를 차근차근 할 때마다 서 PD는 내 손을 잡고 눈물을 흘렸다. 이렇게 내 아픔에 공감해주는 사람이라면 내 이야기를 맡겨도 괜찮겠다고 생각했다.

영화기획사에서는 나에게 이천만 원을 주겠다고 했다. 단칸방에서 네 식구가 지내고 있던 우리에게는 큰돈이었다. 아이들이 먹고 싶은 것도 마음껏 사주지 못하는 상황이었다. 남편이 밤낮으로 일해 재훈 씨의 빚은 모두 갚았지만 형편은 좀처럼 나아지지 않았다. 결국 나는 영화를 만들도록 허락했다. 속물이라고 욕해도 상관없었다.

영화가 어떻게 만들어질지는 몰랐다. 서 PD는 내게 약속했다.

"너무 걱정하지 마세요. 소식을 듣고 너무 안타까워서, 세상 사람들한테 더 많이 알리고 싶어서 만드는 거예요. 저희가 잘 만들게요. 더 이상 억울한 사람이 없도록…."

내 손을 맞잡고 진지하게 이야기하는 서 PD를 보니 조금은 안심이 되었다. 영화가 만들어진다는데 기대도 됐다. 두근거리기도 했다. 내 역은 어떤 배우가 맡을지, 남편 역은 어떤 배우가 맡을지….
많은 것들이 궁금했다.

검찰청에서 연락이 왔다. 주진철의 윗선, 그러니까 조직의 우두머리가 잡혔으니 참고인으로 참석해달라는 전갈이었다. 알겠다고 했지만 실은 내키지 않았다. 풀려난 지 꽤 오랜 시간이 흘렀지만 여전히 무서웠다. 여전히 경찰 제복을 입은 사람만 보아도 소스라치게 놀라면서 몸이 굳어지곤 했다. 하지만 가야 했다.

정 PD가 소식을 듣고 함께 가자고 했다. 한국에 들어오자마자 나는 주진철을 면회하고 싶다는 뜻을 밝혔다. 나는 주진철에게 딱 한 가지만 묻고 싶었다.

"우리한테 왜 그랬니? 나를 형수라고 부르면서 잘 따랐으면서, 우리 혜인이를 그렇게 아끼고 귀여워했으면서 우리 가족한테 왜 그랬니?"

주진철의 입으로 직접 답변을 듣고 싶었다. 그러나 그는 면회요청을 거부했다. 내가 해코지를 할 거라고 생각했던 걸까? 최소한의 양심은 있으니, 차마 나의 얼굴을 볼 수 없었던 것이라고 생각하고 있다.

주진철의 우두머리는 처음 봤지만, 나쁜 사람처럼 보이지는 않았다. 어떻게 잡혔는지도 나는 알 수 없었다. 뭐라도 물어보고 싶었지만, 그는 나에 대해서 잘 알지 못했을 뿐더러, 물어보는 걸 관계자들이 허락하지도 않았다. 마음만 더 안 좋았다. 이런 곳에 올 때마다 프랑스에서의 악몽이 계속 생각났다. 그저 빨리 이곳을 벗어나고 싶었다.

아직도 난 그들을 용서할 수 없었다. 원수를 사랑하라고 했지만, 네 왼쪽 뺨을 누군가 치면 오른쪽 뺨도 내밀라고 했지만, 나는 도저히 그런 말씀처럼 너그럽게 살지는 못할 것 같았다. 세상의 많은 사람들이 나의 죄를 안타까워하고 나의 아픔을 공감하고 또 지지해줬지만, 나는 여전히 화가 날 때는 화를 내고, 슬플 때는 슬퍼하고 나와 우리 가족을 고통스럽게 만든 사람을 원망할 수밖에 없는 부족한 인간이다. 아마 이 세상에서 숨이 다하는 날까지 지구 반대편에서 이 년동안이나 가족과 떨어져 절망적인 나락에 나를 밀어 넘어뜨린 그들을 용서하기는 힘들 것이다.

집에 돌아가려는 나를 검사가 붙잡았다. 인터뷰 좀 해달라고 했다. 하고 싶지 않다고 했다. 인터뷰라면 정말이지 지긋지긋했다. 매체가 다르고 기자들이 달라도 다른 걸 물어보는 경우는 거의 없었다. 묻는 것은 늘 정해져 있었다. 힘들었냐, 그때 기분은 어땠냐. 지금은 어떻게 살고 있느냐…. 수십 번도 더 이야기하고 또 이야기한 걸 되풀이하고 싶지 않았다. 검사는 이미 여러 방송국에서 사람들이 왔으니 한번만 부탁하자고 했다.

"그럼 제 얼굴이 안 나오는 조건으로 할게요."

검사는 조금 머뭇거리더니, 알겠다면서 말해보겠다고 했다. 방송국 측에서는 그 조건을 받아들였다. 그래도 어떻게든 나를 잘 설득해 얼굴을 내보내고 싶어 하는 의사를 숨기지 않았다. 그랬을 것이다. 내가 겪은 기막힌 사건을 화제로 삼기 위해서는 실제 인물의 영상이든 사진이든 필요했을 테니까.

한참이 지나서야 그 자리를 빠져나올 수 있었다. 기자들은 계속 나를 따라왔지만 무언가를 더 물어보려는 사람도 없었고 나도 입을 다물었다. 어차피 질문이 더 이어지고 내가 답변을 한다고 해도 기사는 그들 마음대로 나올 테니, 나와는 상관없는 일이었다.

둘째가 배가 고픈지 칭얼댔다. 검찰청 안에서 아이에게 분유를 먹였다. 아무것도 모르고 젖병을 빠는 아이의 평화로운 얼굴을 내려다보며 문득 생각했다. 나는 이제 죄인이 아닌데, 왜 내가 이렇게 끌려 다니고 움츠러들어야 하지? 나는 그들 일당과는 달랐다. 죄를 저지르고 도망가지도 않았고, 알면서도 누군가를 위험에 빠뜨리지 않았다. 내게 주어진 죗값을 다 치르고 떳떳하게 한국으로 돌아왔다. 나 혼자 살아보겠다고 누군가에게 죄를 덮어씌우는 일 따위는 하지 않았다. 그리고 지금 나에게는 세상 무엇과도 바꿀 수 없는 내 가족이 있었다. 내 품 안에는 눈에 넣어도 아프지 않을 둘째가 잠들어 있었다. 거기에까지 생각이 미치자, 어깨를 펴고 당당하게 걸을 수 있었다. 검찰청을 나오는 길에 입구에 서 있던 헌병이 나에게 인사를 했다. 도도하게 고개만 까딱 하고는 지나쳤다. 가만히 웃음이 나왔다. 기뻤다.

시에서 운영하는 '위스타트'라는 단체에서 사람들이 찾아왔다. 어려운 사람들을 돕는 봉사단체라고 했다. 방송에서 나를 보고 수소문한 끝에 찾아왔다고 했다. 하지만 그들의 방문이 내겐 그다지 달갑지 않았다. 아직도 내가 예전과 같은 일상적인 삶을 꾸려가기에는 부족하고, 오래 비워두었던 내 자리로 돌아와 우리 집을 다시 예전처럼 일으키려면 많은 시간이 필요한 게 사실이었지만, 받아들이기가 힘들었다. 너무 많은 사람들이 나를 도와주었고 그 따스한 손길들에 일일이 보답해주지 못한다는 사실에도 자괴감을 느꼈다. 어렵사리 찾아온 그들에게 나는 매몰차게 말했다.

"마음은 고맙지만 찾아오시지 않으셔도 돼요. 이런 관심, 저도 너무 힘들고 가족들도 힘들어 해요. 저희는 저희대로 잘살고 있습니다."

"저희는 장미정 씨를 괴롭히고 싶어서 온 게 아니에요. 도움을 드리려고 찾아온 겁니다."

그들이 제안한 도움의 방식은 정신과 치료였다. 마르티니크에서 정신과 상담을 받았다가 생각지 못하게 대가를 치렀던 안 좋은 기억 때문에 처음에는 단호하게 거절했다.

"오랫동안 외국에서 혼자 힘들게 계셨고, 당연히 마음이 강인하고 건강하시니까 그렇게 버티셨겠지만, 한번 상담을 받아보시는 것도 좋을 것 같아요. 귀여운 아이가 둘이나 있으시잖아요. 아이들 정서발달에 가장 큰 영향을 끼치는 게 엄마라는 건 아시죠?"

그 말에 눈이 번쩍 뜨였다. 나는 지난날을 후회하고 자책하고, 스스로를 벌주면서 살아도 괜찮지만, 아이들에게만은 어떤 피해도 아픔도 물려주고 싶지 않았다.

정신과에서는 어린아이를 상대하는 것처럼 나더러 모래사장에서 뭔가를 만들어보라고 했고, 장난감들을 죽 늘어놓고는 그것 가운데 눈에 띄는 것을 하나 골라보라고 했다. 나는 한참 고민을 하다가, 악마처럼 검은 망토를 두르고 도끼를 가진 인형을 집어 들었다. 의사 선생님은 내가 하는 동작들을 아무 말 없이 지켜보더니 이윽고 물었다.

“그 인형을 집은 이유가 있나요?”

“글쎄요…. 냉철하고 현명해 보여서요. 누군가 어려운 부탁을 하거나 이용을 하려 들면 바보처럼 순순히 들어주는 게 아니라 딱 잘라 거절할 수 있을 것 같고, 누구한테도 속지 않을 것 같아요. 아니, 누구도 감히 속이려고 생각하지도 않을 것 같아요.”

아무 생각 없이 내 기분대로 불쑥 꺼낸 말이었지만, 내가 말해 놓고도 나 역시 깜짝 놀랐다. 의사 선생님은 나를 지그시 바라보더니, 내 손을 꼭 잡으시며 말했다.

“아니, 이렇게 마음 약한 사람을 어쩌면 그렇게 위험한 일에 끌어들였을까…. 치료비는 걱정 마시고 꾸준히 나오세요.”

“아니에요. 괜찮아요. 더 이상 과거에 얽매이면서 살고 싶지 않아요. 혼자서 너무 견디기 힘들어지면 그때 다시 올게요.”

“그래도….”

“선생님, 제가 바라는 건 딱 하나에요. 우리 딸들 얼굴 보면서 편안하게 사는 거요. 네, 지금까지도 계속 교도소에 있는 꿈을 꿔요. 꿈속에서도 늘 깜짝깜짝 놀라고요. 꿈이라는 걸 알면서도 전 아무것도 할 수가 없어요. 그래서 지금도 잠을 자는 게 너무 무서워요. 그곳에서 만났던 사람들도 생각나고 가끔은 그들이 잘 지내나 너무너무 궁금하지만, 그렇지만 이제는 그런 거 생각하면서 살고 싶지 않아요. 감사합니다."

그렇게 말하고 병원을 나왔다.

집으로 오는 길에 프랑스에서 만난 사람들을 하나하나 떠올렸다. 랑은 잘 지내고 있을까, 아이를 잃고 서럽게 오열하던 가린은 지금쯤 풀려났을까, 재혼은 했을까? 내가 나간 뒤에 얄카가 다른 수감자들한테 따돌림을 당하고 있지는 않을까…? 그들의 안부가 궁금했다. 그곳은 끔찍했지만, 좋은 사람들도 있었다. 문득 걸음을 멈췄다. 그리고 두 손을 모았다. 그들의 행복을 위해 기도를 했다.

우리는 새집으로 이사를 했다. 세상을 다 가진 듯 좋았다. 재훈씨의 빚을 떠안고 좁은 집으로 이사를 갈 때는 너무 슬퍼서 밥도 안 넘어갔는데, 이제는 밥을 안 먹어도 배가 불렀다. 물론 큰 집은 아니었다. 그 정도로 살림이 넉넉하지는 않았다. 하지만 이사 가는 집은 방이 두 개였다. 무려 두 개! 그것만으로도 너무 기뻤다. 그래서인지 그 옛날 남편을 따라서 모델하우스에 갈 때보다 더 깐깐하게 집을 살피고 골라서 계약했다.

냉장고도 새로 사고, 장롱도 새것으로 장만했다. 새 집으로 이사 가는 거니 모두 하얀색으로 샀다. 이사 가는 날에 배달된 새 냉장고와 장롱을 집에 들여놓고 보니, 흰색이라 그런지 집이 한결 밝고 넓어 보였다. 둘째가 온 집안을 깡충깡충 뛰어다니는 바람에 짐을 옮기는 데 애를 먹었다. 우리는 둘째 때문에 짐을 옮기다가 넘어질 뻔하고 쌓아놓은 짐들이 넘어져도 마냥 행복하게 웃었다. 힘들지도 않았다.

혜인이에게 방을 하나 내주었다. 자기 방이 생겼다며 혜인이는 얼굴 가득 함박웃음을 지었다. 그리고 큰맘 먹고 혜인이를 위한 선물을 마련했다. 혜인이는 너무 기뻐서 두 뺨에 빨갛게 상기된 채 소리를 질렀다. 큰 책상과 책장이었다. 책장에는 혜인이가 좋아하는 어린이를 위한 과학책을 꽂아놓았다. 아직 책장에 빈 공간이 많았지만 혜인이는 펄쩍펄쩍 뛰며 좋아했다. 몇 번이고 책상을 쓰다듬어보고 책을 꺼내 넘겨보았다.

"엄마아빠, 정말 정말 고마워! 나 이제 방도 생기고, 책상도 생겼으니까 공부 열심히 할게요!"라며 제법 의젓한 소리도 했다.

"엄마가 열심히 돈 모아서 우리 혜인이 책장 다 채워줄게. 엄마도 빨리 돈 벌어야지."

혜인이에게 약속했다.

"아냐, 엄마. 몇 번씩 읽으면 돼. 책 많으면 무겁고 돈만 많이 들어. 어차피 다 읽지도 못하고. 재미있는 책은 자꾸자꾸 읽어도 재미있는걸.”

우리 큰딸의 속깊은 말에 가슴이 뭉클해졌다. 내가 없는 동안 혜인이는 혼자서 한글을 깨치고, 그 다음엔 닥치는 대로 글자를 읽어 내려가기 시작했다고 들었다. 지금도 책을 한 권 쥐어주면 다 읽을 때까지 꼼짝도 하지 않는 혜인이었다. 그렇게 책을 좋아하는 혜인이가, 책은 돈이 많이 든다며 몇 번씩 읽으면 된다고 오히려 나를 위로했다. 언제 저렇게 다 컸는지, 엄마라고 해준 것도 없는데 언제 저렇게 의젓해졌는지 가슴이 미어지는 듯했다.

남편도 직장이 생겼다. 비록 다른 사람들이 퇴근할 때 출근해야 하는 고단한 일이고 수입이 많지는 않았지만, 우리 네 식구가 다른 사람에게 손 벌리지 않고 살 수 있는 정도는 되었다. 다른 사람들과는 반대로 아침에 지하철을 타고 집으로 돌아오는 남편을 보면, 피곤에 절어 눈 밑이 거뭇거뭇해진 남편을 보면 안쓰러울 따름이다. 남편은 늘 그랬듯이 자긴 괜찮다고 했다. 하지만 남편이 우리를 위해 이를 악물고 온몸이 바스러지도록 일하고 있다는 걸 나는 알고 있었다. 남편은 가끔 퇴근길에 아이스크림이나 과일을 한 봉지 사다가 나에게 안겨주었다. “값이 싸길래 좀 사왔어”라고 늘 말했지만, 우리 애들과 나를 위해 일부러 사온 것이라는 걸 잘 알고 있었다. 남편에게 늘 미안했다. 지친 남편의 모습에 내가 가슴 아파하면 남편은 말했다.

"하나도 안 힘들다니까. 이렇게 당신이 옆에 있는데 뭐가 걱정이야. 다 괜찮아."

나는 말없이 남편을 꼭 안아주었다. 예전에는 참 무덤덤한 부부였는데, 요즘은 남편이 출근할 때마다 늘 뽀뽀를 한다. 예전에는 상상도 못할 일이었다.

이사한 집이 어느 정도 정리가 되자 집들이를 했다. 말이 좋아서 집들이지, 그냥 시댁 식구들을 집에 초대해서 저녁 한 끼 대접하는 게 고작이었다. 하지만 오랜만에 집이 사람들로 북적거렸다. 큰 웃음소리와 떠들썩한 박수 소리도 났다. 사람 사는 기쁨을 다시 느꼈다. 진수성찬을 차릴 만한 형편은 못 되지만, 모두들 내 손으로 만든 소박한 저녁을 맛있게 먹어주었다. 다들 맛있게 먹는 것만 보아도 뿌듯하고 고마웠다.

처음부터 시댁 식구들과는 사이가 좋았다. 남편이 늦둥이인 덕에, 손위 시누이들은 나를 막내동생처럼, 딸처럼 아껴주었다. 특히 프랑스에서 돌아오지 못한 이 년 동안 혜인이를 돌봐주던 막내 시누이는 각별했다. 막내 시누이를 부르는 호칭은 어느새 자연스럽게 '언니'로 바뀌었다. 한국에 돌아온 뒤로는 친자매처럼 어려운 일을 상담하고, 수다도 떨고, 서로 남편 흉도 보는 사이가 되었다.

시누이들은 내 손을 꼭 잡았다.

“혜인엄마, 고생했어. 진짜 고생 많았어. 이제는 좋은 일만 생길 거야.”

마주잡은 손에서 온기가 전해져 내 가슴이 뜨거워지는 듯했다. 이런 게 가족이구나. 피가 흐른다고 해서 모두 가족은 아니지만, 결국 내 가족들이 끝까지 내 곁에 남아서 나를 지켜주는 고마운 존재라는 걸 깨달았다.

여전히 누군가에게 도움을 받는 것에는 익숙해지기 힘들었다. 인터넷 카페 회원들은 번번이 거절하고 부담스러워하는 나에게 서운하다는 듯 말했다.

“에이, 자존심 세우지 마세요. 우리 마음이니 그냥 편히 받으세요.”

하지만 이건 자존심이 아니었다. 나로 인해 다른 사람에게 더는 폐를 끼치고 싶지 않은 마음이었다. 누군가에게 밥을 얻어먹는 것도 마음이 편하지 않았다. 이제는 도움을 받는 존재가 아니라, 베푸는 존재가 되고 싶었다.

남편 혼자 생활비를 버느라 고생하는 것이 미안해서, 둘째를 데리고 동네에 전단지를 붙이는 아르바이트를 한 적이 있었다. 늦가을 날씨가 그렇게까지 춥지는 않아서 괜찮을 거라고 생각했는데 그만 아이는 폐렴에 걸려버렸다. 돈 몇 푼 벌겠다고 아직 말도 못하는 아이를 병원 신세를 지게 했으니, 생각해보면 난 아직도 철이 덜 든 엄마다.

그 뒤로 남편은 어떤 아르바이트도 하지 말라고 당부했다.

"우리한테는 당신이 건강하고 애들이 잘 크는 게 재산이고 복이야. 너무 무리하지 마. 아이들한테는 엄마가 있어야 해."

남편은 이런 이야기를 할 때면 후렴을 외듯 한숨을 쉬면서 이렇게 덧붙이곤 했다.

"못난 남편 만나서 당신 너무 고생시키네. 정말 미안해."

"그런 소리 하지 마. 나는 당신 만나서 얼마나 행복한데. 누가 어떻게 될지는 모르는 거야. 돈 많은 남자라고 죽을 때까지 돈 많으라는 법 있어? 난 지금이 행복해."

그래. 앞일은 정말 아무도 모르는 거다. 내가 태어나면서부터 지금껏 단 한 번이라도 돈 때문에 프랑스의 외딴 섬까지 끌려가 고생을 할 거라는 걸 누가 알았을까. 누가 더 행복하고 불행한지, 돈이 많고 적은지는 아무도 모르는 일이다.

물론 나도 프랑스에 다녀오기 전에는 행복은 곧 돈이라고 생각했다. 돈으로 행복을 사는 거라고, 돈만 있으면 아무 걱정 없을 거라고 믿었다. 사는 게 힘들고 버거울 때마다, 남편과 말다툼을 하고 속상한 마음으로 눈물지을 때마다 이게 다 재훈 씨가 남긴 빚 때문이라고 생각했다. 그래서 후배 좋은 일 시키느라 우리 사는 꼴을 이 지경으로 만들었냐며 남편에게 모진 소리도 많이 했고, 세상을 떠난 재훈 씨를 원망했다. 나에게 악몽 같은 기억이 여전히 생생하게 남아 있는 한, 재훈 씨도 주진철도 쉽게 용서할 수는 없다.

하지만 이제는 행복이 돈과 같은 말이 아니라는 것을 알게 되었다. 둘째에게 비싼 유기농 장난감을 사주지는 못하지만, 삼천 원짜리 장난감에도 까르르 웃는 아이를 보면, 지금의 이런 행복을 얻느라 그동안 내가 그 힘든 터널을 지나왔던 것은 아니었을까 하는 생각도 든다. 어느덧 둘째도 돌을 맞았지만, 잔치는커녕 겨우 사진 한 장을 찍었을 뿐이었다. 그래도 기쁘고 감사했다. 혜인이는 가끔 사주는 책 한 권에도 너무나 좋아한다. 그럴 때마다 이 아이에게 더 많은 책을 사주고 더 큰 꿈을 꾸게 해주고 싶다.

나중에 내 딸들이 커서 어른이 되면 이런 말을 해주고 싶다. 잘난 엄마는 아니었고, 잘해준 것도 없었지만, 너희가 있어서 지금까지 올 수 있었고 이렇게 살아갈 수 있었다고 말이다. 잘해준 게 없다는 것, 해준 게 없다는 것, 무엇보다 자라나는 아이를 곁에서 지켜보지 못한 것만큼 엄마로서 큰 아픔은 없다. 게다가 이 아이들은 죄인의 딸이었다. 언젠가 모든 걸 이야기하고 용서를 구하고 싶다. 아이들은 이해해줄 거라고 믿는다. 혹여 엄마를 원망한다고 해도, 할 말은 없다. 모든 것이 사실이니까.

나에게도 물론 용서는 쉬운 일이 아니다. 지금도 길을 걷다가 문득문득 멈춰 서서 치밀어 오르는 분노를 삭여야 할 때도 많다. 재훈 씨가 그렇고 주진철이 그렇고, 서류를 보내주지 않아 나를 일 년이나 낯선 땅에서 절망하게 한 한국대사관이 그렇다. 그러나 내가 그들을 용서할 때가 된다면, 딸들도 부끄러운 엄마를 용서해줄 것이라고 믿는다. 사람들의 권유에도 소송을 하지 않은 건 그 때문이기도 했다.

프랑스에 있던 이 년 동안, 많은 것이 바뀌었지만 변함없는 것들도 많았다. 아침이면 해가 떴고, 지하철은 북적였으며, 곳곳에서 절도와 살인이 일어났고, 어떤 사람은 전 재산을 사회에 기부하기도 했다. 봄이 되면 얼음이 녹았고, 여름에는 무덥고, 가을이 오면 어김없이 추석이 오고 단풍이 떨어지고 겨울과 새해가 다가왔다. 내가 세상이 뒤집히는 듯한 충격적인 사건을 겪고 프랑스 외딴섬에서 영겁과도 같은 힘든 시간을 보내는 동안 세상은 변함없이 잘 돌아갔다. 내가 겪은 건 작은 사건이었다. 한국이라는 작은 땅덩어리에서 뉴스와 범죄라는 단어와는 전혀 연관이 없던, 평범한 아이 엄마한테 일어난 해프닝이었다.

하지만 그런 나를 찾아봐주고 지켜주는 이들이 있었다. 이 넓은 세상에서 버림받고 말았다고 느낄 때, 나는 혼자라는 기분으로 하루하루를 간신히 버티고 있는 나에게 사람들은 손을 내밀어주었다. 아무도 믿지 않는, 나의 억울함을 알아주었고 힘을 내라고 격려해주고, 배가 고플 때는 먹을 것을 주었으며 내가 겪은 부당함을 세상에 알리기 위해 선뜻 지갑을 열어주었다. 나는 세상에 나 혼자가 아니라는 것을 그들에게서 배웠다. 그들이 없었다면, 지금의 나는 없을 것이다.

덕분에 나에게도 새로운 희망이 생겼다. 나처럼 외국에 있는 교도소에서 억울하게 형을 살고 있는 사람들을 위해 일을 하고 싶다. 비록 고향을 떠나 있고 마음 의지할 곳 하나 없이 외로움과 절망으로 가라앉는 이들에게, 내가 선물 받았던 희망을 돌려주고 싶다. 뜻밖에도 교도소에는 나와 같은 사람들이 많았다. 나처럼 억울한 사람도 있었고, 운이 나빠서 들어온 사람도 있었다. 언제가 될지는 모르겠지만 꼭 하고 싶다. 그게 내가 머나먼 프랑스에서 힘들게 지내면서 깨달은 것이었다. 어디에 가든 나를 도와주는 사람이 있다는 것, 나를 혼자가 아니게 손을 내미는 사람이 있다는 것 말이다.

이제, 나도 누군가의 눈물을 닦아주고 손을 잡아줄 수 있는 사람이 되고 싶다. 그게 내가 꿈꾸는 작은 소망이다.

에필로그

힘든 기억으로부터 돌아오기까지

한국에 돌아온 지도 어느덧 만 팔 년이 되었다. 낡고 빛바랜 노트에 쓴 일기장을 뒤적이며 또 다시 내 인생의 가장 악몽 같던 날들을 회상하는 사이, 다시금 어제 일처럼 생생하게 떠오르는 절망과 고통들이 내 가슴을 짓눌러오는 듯하다.

말 한마디 통하지 않는 지구 반대편의 섬에서 두서없이 눈물로 기록한 나의 일기가 세상에 나온다. 창피하기도 하고, 또 죄스러운 마음에 망설이기도 했다.

나는 죄인이다.

순간의 욕심에 눈이 어두워 사백만 원이라는 유혹을 거절하지 못했고, 결과적으로 많은 이들에게, 특히 내 딸들에게 상처를 준 나는 지금도 역시 죄인이다. 그런 내가 그에 관한 기록을 세상에 내놓는다는 것은 참으로 조심스러운 일이다. 하지만 내가 저지른 지난날의 과오, 나의 잘못된 선택을 숨김없이 고하고, 누군가 나와 같은 실수를 되풀이하지 않도록 작은 역할이나마 할 수 있다면 그 또한 의미 있는 일이라 생각한다.

영화사에서 내 이야기를 영화로 만들겠다고 제안했을 때 부끄럽지만 승낙한 것도 그 때문이다. 영화가 제작되는 동안 기획사에서는 종종 연락을 해왔다. 인터뷰를 하기도 했고, 궁금한 것을 물어보기도 했다. 과거의 이야기들을 다시 들춰내는 것은 힘든 일이었다. 내 부끄러운 점까지 모두 드러내야 해서 더 힘들었다. 영화사에서 인터뷰를 하고 돌아가고 난 날 밤이면, 어김없이 나의 마음은 프랑스의 어두컴컴한 감옥 안을 헤매고 있었다. 팔뚝만큼 큰 쥐들과 비둘기들, 점점 미쳐가던 옆방 수감자들, 고압적으로 내려다보던 교도관들…. 전부 잊고 싶어서 고개를 세차게 흔든 적이 한두 번이 아니었다. 이렇게 힘든데 영화 만드는 걸 포기할까 생각한 적도 있었다. 하지만 영화사 담당자는 늘 이렇게 나를 다독여주었다.

"저라도 그랬을 거예요. 누구나 영화의 주인공이 되는 건 아니에요. 그럴 만하니까 영화로 만들어지는 거예요. 우리들 모두가 공유하는 이야기를 만드는 작업이 될 거예요."

그 말을 들으면 조금은 힘을 냈다. 영화가 개봉되고 나의 이야기를 사람들이 더 많이 알게 된다면 나와 같이 속고 당하는 일은 없어질 거라 생각하고 마음을 다잡았다. 이제는 누구도 나와 같은 힘든 일을 당하지 않았으면 좋겠다.

다시는 생각하고 싶지 않을 정도로 끔찍한 기억이지만, 지금 이렇게 살아서 가족들의 곁에 돌아올 수 있었으니 감사한 일이다. 희망이 없다고 생각했을 때, 나는 여러 차례 목숨을 끊으려 했다. 그러나 자살시도는 번번이 실패로 돌아갔고, 나는 살아났다. 죽는 것은 생각보다 힘들었다. 스스로 목숨을 끊겠다는 것은 바보 같은 짓이다. 가끔 언론에서 혹은 주변 사람들을 통해 자살을 하는 사람들에 관한 이야기를 듣는다. 오죽하면 그렇게 힘든 결정을 했을까 싶으면서도, 안타까울 때가 한두 번이 아니다. 죽음은, 그 자신만의 몫이 아니다. 슬픔은 고스란히 가족에게 떠맡겨지는 것이기에. 세상을 살아간다는 것은 어떤 경우에도 쉬운 것이 아니다. 그래서 더 이를 악물고 살아가야 하는 것이 삶이 아닐까?

그토록 모질고 참혹한 나날을 건너온 지금의 나는 누가 보아도 평범한 대한민국의 아줌마이고 두 딸의 엄마다. 되찾은 내 가족은 누가 뭐래도 내 삶의 전부다. 그래서 어쩌면 이 아픈 기억을 들추어 내고 새삼스럽게 당시의 일기장을 펼쳐 그 내용을 끄집어내는 것이 내가 누리고 있는 평온한 행복에 파문을 일으키지나 않을까 두려운 마음이 있었던 것도 사실이다. 그러나 내 딸들 앞에서는 세상으로부터 도망치는 엄마의 모습을 보이고 싶지 않았다. 엄마가 어떻게 해서 그런 잘못된 선택을 했고, 멀리서 어떤 마음으로 딸을 그리워했는지, 얼마나 애타게 보고 싶었는지를 들려주고 싶었다. 딸이 나를 필요로 할 때 주지 못한 엄마의 사랑과 내 인생에서 잃어버린 시간들에 관한 기록들…. 딸들에게 본보기가 되는 멋진 엄마의 추억담이 아니라 한없이 유약하고 어리석은 엄마의 아픔과 눈물에 관한 기록이기에 많은 용기가 필요했다.

그리고 한 가지 더. 나는 스스로를 애국자라고 생각하지는 않지만 진심으로 많은 사람들에게 이야기하고 싶다. 나 같은 일, 나 같은 고통, 나 같은 바보 같은 짓은 절대 다시 없었으면 좋겠다고. 그리고 삶이 어렵고 하루하루를 버티는 게 힘겹게 느껴진다고 하더라도 가족의 울타리를 망각하지 마시라고. 결코 어떤 이유로도 가족과 헤어져서는 안 된다고….

세월이 제법 흘렀지만 여전히 내 가슴속에는 원망과 미움으로 기억되는 이들이 있다. 시간은 좀 걸리겠지만 그런 무거운 감정의 짐들도 내려놓고 그들을 용서하는 것이 나에게 주어진 숙제일 것이다. 일일이 나열할 수는 없지만 날 걱정해준 많은 이들, 날 위해 마음을 써주고 용기를 준 사람들, 나를 위해 기도해준 많은 분들에게 다시 한 번 고개 숙여 감사의 마음을 전하고 싶다.

2013년 12월
장미정

잃어버린 날들

초판 1쇄 발행 2013년 12월 30일
초판 2쇄 발행 2014년 1월 15일

지은이 장미정
펴낸이 김남중
책임편집 이수희
마케팅 이재원
디자인 김수아

펴낸곳 한권의책
출판등록 2011년 11월 2일 제25100-2011-317호
주소 121-883 서울 마포구 합정동 411-12 3층
전화 (02)3144-0761(편집) (02)3144-0762(마케팅)
팩스 (02)3144-0763
종이 월드페이퍼 **인쇄·제본** 현문인쇄

값 13,000원 ISBN 979-11-85237-04-6 03810

국립중앙도서관 출판시도서목록(CIP)

잃어버린 날들 / 지은이: 장미정. --서울 : 한권의책, 2014
p.; cm
ISBN 979-11-85237-04-6 03810 : ₩13000
한국 현대 수필 [韓國現代隨筆]

814.7-KDC5
895.745-DDC21 CIP2013027894